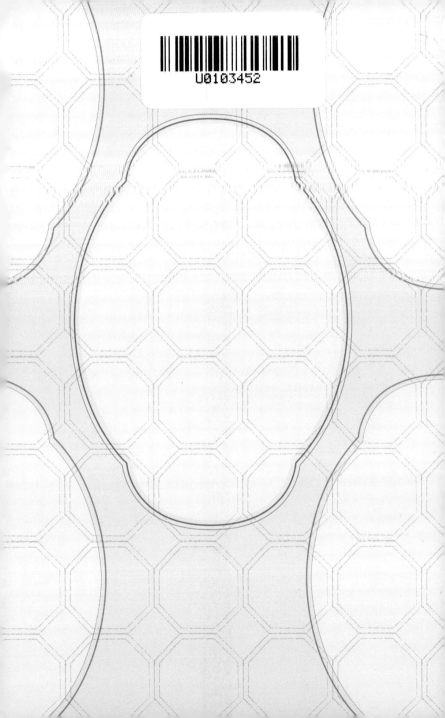

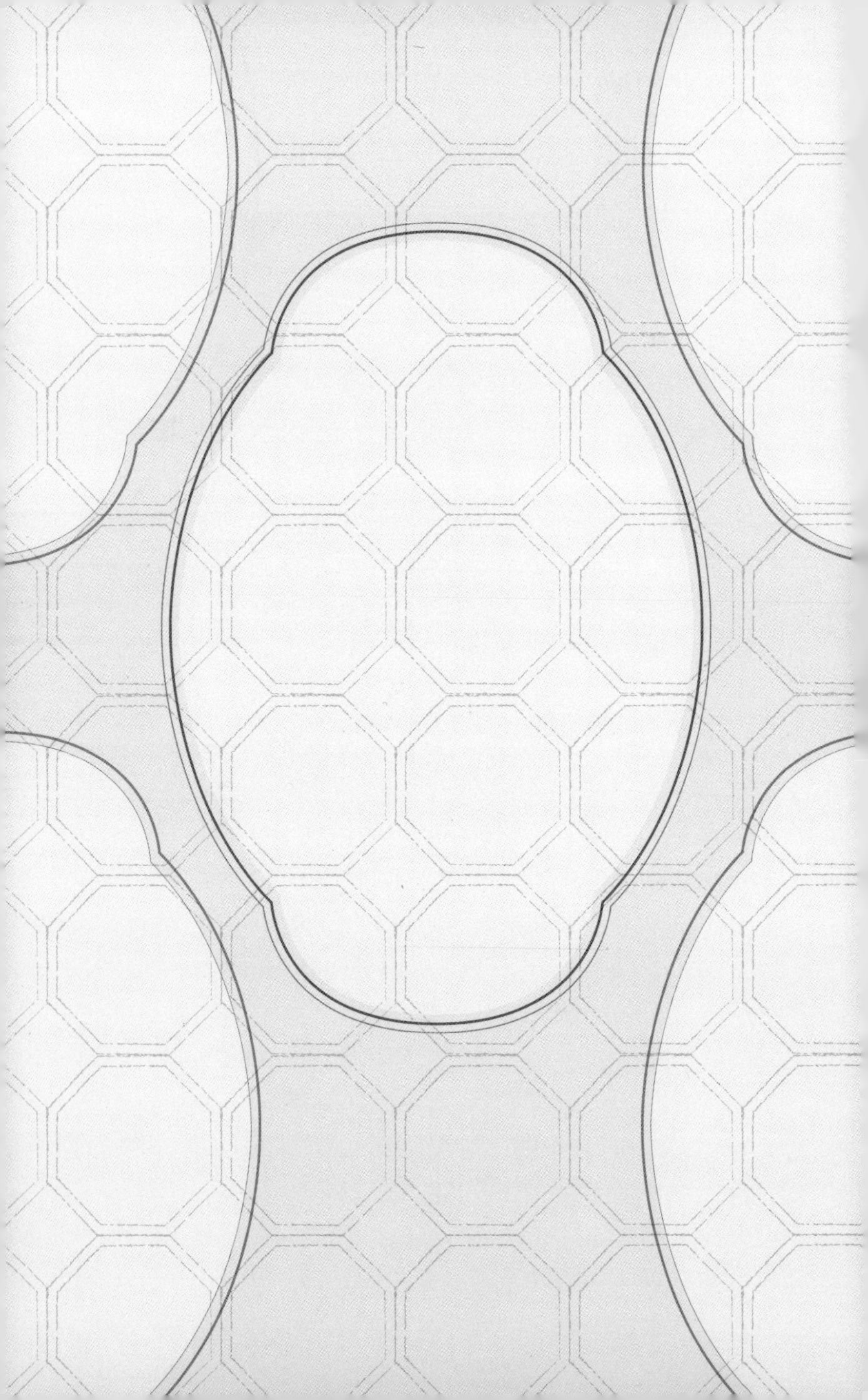

李清照

千秋才女的生活與詞作

羅秀珍 著

中華書局

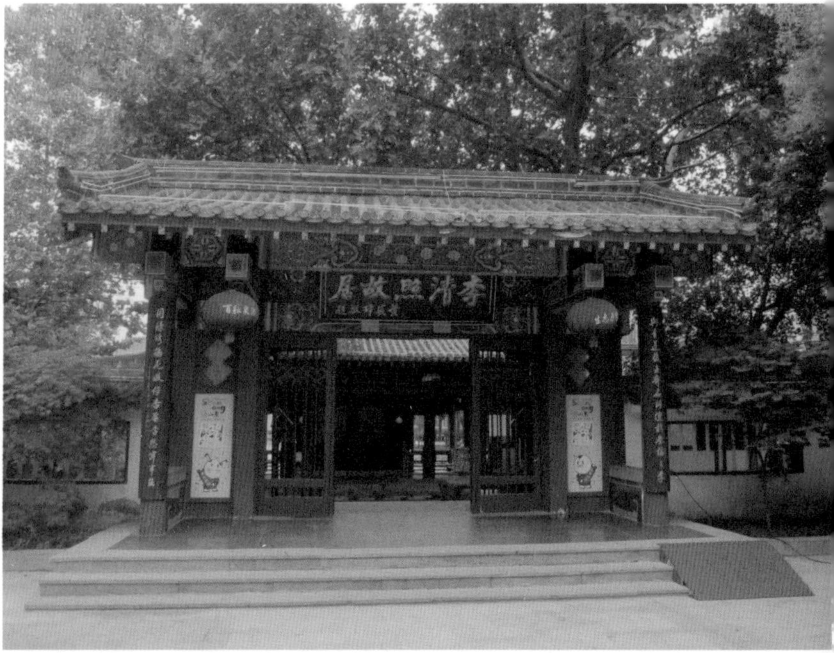

山東濟南的李清照紀念堂 （圖片提供：陳萬雄博士）

李清照故居之清照園　（圖片提供：陳萬雄博士）

李清照紀念堂內的「漱玉泉」（圖片提供：陳萬雄博士）

李清照紀念堂內的「墨泉」（圖片提供：陳萬雄博士）

李清照像 （圖片提供：方少榮博士）

金克全畫、郭沫若題詞的李清照畫像，兩旁懸有對聯：
「藕花深處舊時影，柳岸池邊畫裏人。」
（圖片提供：方少榮博士）

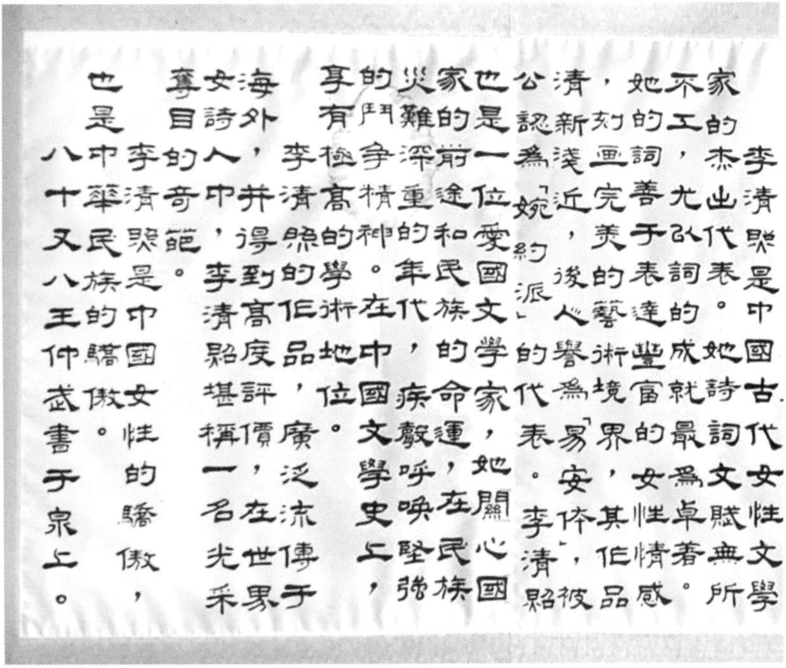

王仲武所書「一代詞人李清照」簡介的書法作品。

一代詞人李清照

李清照（一〇八四—約一一五六年），自號「易安居士」，宋代濟南人。中國古代杰出的女文學家。其出色文學成就享譽古今，蜚聲中外。

李清照生于詩書世家，父祖皆為北宋文章名流。父李格非是北宋元祐名士，文章師承蘇軾，為蘇門後四學士之一。母親王氏是王拱辰狀元的孫女。李清照十八歲時在汴京（即今開封）與太學生趙明誠結婚，夫婦志同道合，情篤意深，度過了一段美好的歲月。後因朝廷黨爭沖擊，李、趙兩家遭遇不幸，夫婦二人，屏居青州故里。靖康之難後，她長期飄泊于江南，在國破家亡的淒苦歲月中度過了自己的後半生，最後終老于臨安（今杭州）。

序一
結緣李清照

羅秀珍女士，乃新亞書院的師姐，她是本港中文教學的名師，也以講解演繹戲曲而活躍於媒體。我跟她認識才是幾年前的事，是專誠到她關於李清照的一個演講而拜識的，其後並促成這本書的出版。完全是一代才女李清照的牽引而結的緣。

幾年前，因友人的極力推介，也因退休開始有了閒情，得以重新點燃文學的情懷和興趣；但關鍵仍是羅師姐演講的題目——李清照的吸引。

不是多愁善感的性格，自己也一直奇怪，何以自少喜歡背誦李清照與李後主的詞。至今雖衰老善忘，能背誦的詞，仍是以兩李、東坡和稼軒兩翁為最多。隨着年紀漸長，學殖有所增益，閱世識人也日深，對於少所喜誦的兩李詞，興味漸生差異。對於李清照詞的喜愛，始終如一；對李後主的詞，喜趣卻淡薄了。或許這就是王羲之所慨嘆的「情隨境遷」吧！兩人的詩詞，多寫亡國之恨，故國之思，可是由於個人地位和境遇的不同，思前想後，反映到文學的情懷和思想，也大有分別。一個是享盡風流奢華，而自墮亡國境地，誤國負民。情懷思想，發為文字，可歸結為「戀棧」兩個字。一個是弱質女流，遭逢戰亂，國破家亡，輾轉逃難，柳絮隨風，任由命運播弄，發為文字，全在「悲天憫人」。秀珍師姐，在書內對李清照的文學與思想，已多所闡釋，這裏無需故作解人。

在那次的演講中，作者選擇了李清照的五闕詞，從李清照的家世婚姻、世局遷變，再從每闕詞的內容、意蘊、遣詞用字、聲調韻律，融合了歷史與文學，作了綜合而深入淺出的講解，最後現場作了吟誦的示範。鍾情李清照詞已幾十年，也時常衝口背誦，反覆吟味。聽了羅師姐的講解，興趣盎然外，對李清照及她的文學，另得新的認識和了解。「聽君一席話」，得益非淺，確不負友人的推薦。出於一個出版人的敏銳，立刻反應過來，這樣的文學演繹，不蹈學究的窠臼，讓文學歸於欣賞，如能公諸於學子和社會大眾，宏揚中國文學的欣賞，真是功德無量。所以極力鼓動羅師姐，改撰成書出版。

今書成而承羅師姐吩咐，撰序一篇。僅略及與李易安的文學因緣，以為應。

陳萬雄

聯合出版集團前總裁

序二
「簾捲西風，人比黃花瘦」

我對一代詞人李清照的認識遠在60年前的事了，她的名句：「……簾捲西風，人比黃花瘦。」(〈醉花陰〉)，出於高中老師之口時，我心中嘀咕：「人如何與花朵比肥瘦？窗簾怎樣捲起西風？……是風吹捲起窗簾吧？……」但當知道李清照是宋朝出名女詞人，這兩句的深度意境令我對她產生莫名其妙的遐想和陶醉。羅秀珍老師當時是我的同班同學、是班中的高材生，我想當日她或許亦有同感焉！

李清照是我十分喜歡的詞人，主要是覺得她脫穎於中國傳統以男性為主導的文壇，綻放異彩。她前期（北宋）流露率真女性感情，勝過「男子作閨音」(擬女性心態）之作。後期（南宋）詞風悽愴（〈如武陵春〉、〈聲聲慢〉），細膩哀愁。中期的〈漁家傲〉，我直覺到一種浪漫主義（可與英國的詩人拜倫相比）。「……九萬里風鵬正舉。風休住！蓬舟吹取三山去！」何等浪漫豪邁！

詩詞中向有「男子作閨音」現象，呈現於晚唐／五代的「花間派」(溫庭筠、韋莊等），以至後來的李煜、柳永、周邦彥等，多是以文人男性擬女性口吻、身份、和心境（敏銳情感）進行創作。

又例如古詩十九首的〈行行重行行〉所言「……與君生別離……」;〈迢迢牽牛星〉所言「纖纖擢素手，札札弄機杼」，究是男子口吻還是女子口吻。現今讀李清照詞領略其婉約詞風，的確令在下為之傾倒不已。

李清照所著述《詞論》一卷，總結詞體特點有三:雅俗、音律、「別是一家」。論述旁徵博引，豪邁奔放，不似出自女士之手。

還有，李清照的人生命運，隨着宋朝衰落、夫君逝世而跌宕，卻沒有改變她的堅忍意志，都在她的詞作中如實反映。

羅秀珍老師長期研究李清照詞，成就卓越。我曾參加羅老師的李清照講座，承蒙指導而獲益良多。今羅老師結集李清照詞三十首並詳加闡釋，帶領讀者去欣賞李詞的獨特風格，及考察她面對人生轉變時的態度。甚願讀者藉着欣賞李詞，體味詞意而有所抒懷，更希望讀者能從中開拓心靈境界，成為俗世之清泉。

楊國寧

前製造業顧問公司總經理

序三
「何須淺碧輕紅色，自是花中第一流」

我自從 2013 年起，由於香港大學工作上的緣故，經常往返杭州，逐步對杭城培養出一份濃得化不開的深情。歷史上不乏英雄豪傑和騷人墨客，都曾與杭州結緣，包括千古詞人李清照。

李清照的晚年在杭州這座江南名城終老，度過坎坷的 27 年。李清照原籍山東濟南，湊巧本人自 2014 年以來，在一家民營金融企業出任首席經濟顧問，其總部就在濟南。李清照 16 歲離家，遠嫁開封之前，一直在家鄉享盡椿萱之福，在安逸中成長，飽覽群書，少女情懷，盡是詩情畫意。我常臨風懷想，飛越千年，恨不得生於當時，和李清照活在同期。

由於因緣際會，十多年前我在旅途中認識了羅秀珍老師。新亞書院的一群舊同窗，組成「山水人文雅聚」，經常結伴出遊，其中就有羅秀珍和她的丈夫方濟民校長。秀珍姐醉心於文學和歷史，長期從事教育工作，桃李滿門。過去十年，我有多次和秀珍姐合作的機會，在不同的場合，以不同的話題，雙雙獲邀為主講嘉賓，拍檔談古論今，從張愛玲到徐志摩，從李清照到蘇東坡。

我很快就發現，秀珍姐最欣賞的，是一代才

女李清照。她本人可說是李清照的知音，仰慕李清照的才情橫溢和文采風流。隔着一千年的時空差距，古時才女遇到當代知音，更相逢而恨晚。李清照的詩詞稟賦，在中華文化史上獲高度評價，地位崇高，毫無爭議。她是古代傑出的文學家。我自小跟從家慈接觸詩詞，對李清照早已留下極深的印象。她的作品廣泛流傳，膾炙人口，已成千古絕唱。她的一生，可說是悲歡離合都嚐透。在她 72 年的悠長人生的不同時期，歲月帶不走她蘊藉於心底的靈秀之氣，每一首傳世的詩詞，都有其獨特迷人之處。

胡適稱讚李清照為古代女文豪，並非過譽。其中原因之一，是她的遣詞用語，接近現代人的白話，以尋常的語言，隨手拈來，令人愛不釋手，宜乎琅琅上口。以李清照和李白及李煜相提並論，詞家三李，可堪伴我過一生。我今世何幸，能親近巨擘，僅此奇遇，來生仍做中國人。

如今我承秀珍姐囑，為她的新書寫序，緬懷李清照的身世，擊賞她的精詞警句，正是「才下眉頭，卻上心頭」，「天接雲濤連曉霧」，「紅藕香殘玉簟秋」，「薄霧濃雲愁永畫」，我隨手拈來，溢於胸臆，低迴掩抑，以澆心中塊壘，此情當此際，執筆至此，情懷難訴，已非筆墨可以形容。

本書作者羅秀珍女士博覽群書，由鍾情於李清照的她來寫這本書，分析獨特，能夠深入到李清照的心靈深處，真是不作他人想。如果這大千世界，真有穿越的可能性，如果可以坐上時光穿梭機，回到古時，相信秀珍姐一定選擇回到北宋的從前，向李清照請益於紅燈前和銀月下，自不待言。設若今宵一晤乃平生，估量秀珍姐希望回到李清照的一生何時？婚前？婚後？隱居青州時期的黃金 10 年？逃難南方時期的坎坷 27 年？又或如果只可以選擇一段短時間與李清照相處，究竟甚麼時段最為理想？相信秀珍姐很難取捨。

李清照早年幸福滿滿，晚年顛沛流離。可知世間工拙不由我，不管我們怎樣才氣橫溢，如果國家多難而生逢亂世，實為憾事。此所以我們身處今日的中國，努力於建設發展，砥礪於繁榮富強，致力於民族復興，在香港特區這個中西薈萃的地方，在當前和平昌盛的環境，能夠隨心所欲，深耕密植以領悟人生，從事創作，此生實不枉過。以上拉雜而談，謹此祝賀羅秀珍女士的作品付梓順利，出版圓滿，面世後一紙風行。作者為讀者與李清照神交作嫁，緣結今生，可喜可賀。再一次恭祝羅秀珍女士大功告成。是為序。

關品方教授

前香港大學浙江科學技術研究院院長

2021 年 3 月

自序

2018年香港書展的主題是「愛情文學」，中華智慧管理學會特別為我舉辦講座，題目是「千秋才女李清照的愛情生活——從金石緣到《聲聲慢》」，透過詞作，感受詞人的內心世界。

當晚講座出席者眾多，包括為本書寫序文的三位男士：陳萬雄博士，源於出版人的反應敏銳，要讓文學公諸於學子和社會大眾，宏揚對中國文學的欣賞，因此極力推薦我撰寫此書出版。知遇之恩，銘記於心。關品方教授緬懷李清照的身世，認為她雖然才氣橫溢，可惜生逢亂世，實為憾事。今人能夠隨心所欲，深耕密植以領悟人生，從事創作，不枉此生，多番鼓勵，真是我的摯友。昔日同窗楊國寧謂：「甚願讀者藉着欣賞李詞，體味詞意而有所抒懷……開拓心靈境界，成為俗世之清泉。」道盡我的心意，不愧是知音！

講座當晚為了增加會場的文化氣息，承蒙三位書法導師惠賜墨寶，已刊載於本書：

姚錦江老師書《一剪梅》；邢宏彬老師書《武陵春》；譚寶碩老師書《聲聲慢》。

此外朗誦連結中的背景音樂，是由古箏導師李月霞彈奏。謹致謝意！

本書能順利付梓，有賴中華書局（香港）有限公司學術出版分社社長黎耀強先生的寶貴意見，與編輯黃懷訢小姐的協作，實在不遺餘力，衷心感謝！

目錄

序一　結緣李清照……一〇

序二「簾捲西風，人比黃花瘦」……一二

序三「何須淺碧輕紅色，自是花中第一流」……一四

自序……一七

導言　一代詞人李清照……二二

上篇　千秋才女的跌宕人生……二九

書香門第　氣度不凡……三一

情投意合　互相砥礪……三三

風雲驟變　不復舊時 …… 三六
歲月鑄字　苦難煉詞 …… 三八
結語 …… 四八

下篇　詞選三十首

〈如夢令・嘗記溪亭日暮〉…… 五二
〈怨王孫・湖上風來波浩渺〉…… 五八
〈點絳唇・蹴罷秋千〉…… 六〇
〈浣溪沙・繡面芙蓉一笑開〉…… 六三
〈如夢令・昨夜雨疏風驟〉…… 六六
〈漁家傲・雪裏已知春信至〉…… 六九
〈鷓鴣天・暗淡輕黃體性柔〉…… 七二
〈浣溪沙・淡蕩春光寒食天〉…… 七六
〈浣溪沙・小院閒窗春色深〉…… 八〇
〈一剪梅・紅藕香殘玉簟秋〉…… 八三
〈醉花陰・薄霧濃雲愁永晝〉…… 八七

〈玉樓春・紅酥肯放瓊苞醉〉…… 九〇
〈鳳凰台上憶吹簫・香冷金猊〉…… 九四
〈念奴嬌・蕭條庭院〉…… 九八
〈點絳唇・閨思〉…… 一〇一
〈蝶戀花・暖雨晴風初破凍〉…… 一〇四
〈臨江仙・庭院深深深幾許〉…… 一〇八
〈訴衷情・夜來沉醉卸妝遲〉…… 一一一
〈鷓鴣天・寒日蕭蕭上瑣窗〉…… 一一四
〈菩薩蠻・歸鴻聲斷殘雲碧〉…… 一一七
〈青玉案・征鞍不見邯鄲路〉…… 一二〇
〈漁家傲・記夢〉…… 一二四
〈菩薩蠻・風柔日薄春猶早〉…… 一二七

〈南歌子・天上星河轉〉…………………… 一三〇
〈憶秦娥・臨高閣〉…………………………… 一三四
〈武陵春・風住塵香花已盡〉………………… 一三八
〈孤雁兒・藤床紙帳朝眠起〉（並序）……… 一四二
〈清平樂・年年雪裏〉………………………… 一四六
〈永遇樂・落日鎔金〉………………………… 一四九
〈聲聲慢・尋尋覓覓〉………………………… 一五三

附錄一　《金石錄後序》原文及賞析 ……… 一六〇
附錄二　佳句摘錄 ………………………… 一六七

導言 —— 一代詞人李清照

李清照（1084－1155），生於北宋神宗至南宋高宗年間，自號「易安居士」，今山東濟南人。中國傑出女文學家，其文學成就享譽古今、蜚聲中外。能書畫、工詩詞、善文章，尤以詞的成就最為卓著。其詞善於表達豐富的情感，刻劃完美的藝術境界，清新淺近，被譽為「易安體」，公認為「婉約派」的代表。

李清照生於詩書世家，18 歲在汴京與太學生趙明誠結婚，兩情相悅，志趣相投，賞畫填詞，度過一段美好歲月。後因北宋黨爭牽連，李趙兩家先後遭遇不幸，夫婦屏居青州（山東）故里。靖康之難後，她長期飄泊江南。在國破、家亡、喪夫、文物散失的淒苦歲月中度過後半生。最後終老於臨安（今杭州），享年 72 歲。

李清照著有《易安居士文集》、《易安詞》，但經已散佚。宋代刊行有《漱玉詞》輯本；今存《李清照集校注》。

李清照能有優秀的文學根基，除了出身書香世家，父母均有文采，也歸功於家庭的開明思想，沒有受到古代傳統「女子無才便是德」的觀念影響，可以自由成長。由於李清照聰穎好學，性格爽朗，少女時期已四處遊賞，飽覽家鄉的風景名勝，如溪亭蓮子湖、齊魯的壯麗山川和旖旎風光等。這些優美的湖光山色為李清照早期的作品提供了素材，可參見本書收錄的〈如夢令·嘗記溪亭日暮〉及〈怨王孫·湖上風來波浩渺〉；至於表達少女情懷的，收錄有兩首〈浣溪沙·淡蕩春光寒食天〉及〈浣溪沙·小院閑窗春色深〉，均為幽居少女懷春之作。〈如夢令·昨夜雨疏風驟〉則是一首嘆息青春易逝之作，這首詠海棠的「知否？知否？應是綠肥紅瘦」，此語一出，使得朝野文士，莫不為之擊節稱賞：「人工天巧，可稱絕唱。」（王士禎）

李清照婚前婚後的生活，可說十分愉悅幸福。她「少年即有詩名」，得到當時不少學者的讚賞。她少女時期的閨中生活十分自由，在〈點絳唇·蹴罷秋千〉便可以看出；婚後與夫婿除賦詩填詞外，更致力於收集和研究古代金石學，共同整理校勘金石碑刻、書畫古籍，兩人志趣相投，情深意切。他們的才學，以及對藝術的愛好，將兩人緊密聯繫起來，使夫妻生活更美滿和諧。這也決定了她前期詞作的風格，因丈夫不時遠離，頗有閨愁閣怨之作，但整體格調輕鬆悠閒，只要讀一讀〈一剪梅·紅藕香殘玉簟秋〉，和〈醉花陰·薄霧濃雲愁永晝〉一類的作品，可以清晰感覺得到。

公元 1127 年，北宋靖康之難，徽欽二宗被擄，北宋亡、宋室南渡，李清照逃難到南方。

1129 年，趙明誠病故，那年李清照 46 歲，家國之恨，加上流離失所的痛苦，徹底改變了她的生活和心境，使她的詞風變得沉痛憂鬱，充滿孤單與凋零的感受。

李清照的作品在南渡前後，尤其是夫亡前後，所表現的內容並不相同。雖然前後均有傷春悲秋之作，前期主要是一種青春年華的愁悶，寂寞深閨的小別失落感。後期則蘊含着國破家亡之恨、喪夫的身世之悲。著名的〈聲聲慢．尋尋覓覓，冷冷清清〉，及〈永遇樂．落日鎔金，暮雲合璧〉就是後期的代表作品。

從「綠肥紅瘦」到「人比黃花瘦」，從「倚門回首，卻把青梅嗅」到「不如向，簾兒底下，聽人笑語」。比照李清照前後期的作品，我們領略到詞人的一生遭遇對其藝術風格的深刻影響。

李清照後期詞作，由於對生命體驗深刻，因此作品多真摯感人，在藝術上也表現出很高的成就。不論前期還是後期，李清照的詞風總以婉約含蓄見長。但也有氣勢雄奇的作品。讀〈漁家傲．天接雲濤連曉霧〉中的詞句，讓人想起《莊子》和《離騷》那一種對生命自由的要求，在宋詞中甚為獨特。

綜合李清照前後期詞作，可以歸納出以下風格特色：

（一）善於將「高雅典重」與「淺俗」、「清新」，融為一體。

（二）注重思想內容「尚故實」，以及情感抒發；「主情致」達到情景交融。

（三）「善鋪敘」、「工造語」：鋪敘渾化無跡，用語含蓄宛轉，曲盡人意，姿態百出，有言外之音。

（四）「協音律」：「以尋常語度入音律」，「用字奇橫而不妨音律」，能兼顧用字與音樂之相互關係。

以上幾個特點，形成獨一無二的「易安體」。

李清照除了詞、詩、文方面的創作之外，她還有一篇條理清晰、有見地的文學批評專論：《詞論》，這是中國文學史上第一篇由女性撰寫的文學批評文章。《詞論》中談起北宋諸詞人，哪怕是歐陽修、蘇軾這樣的名家，她竟然直指缺點，可見其自信與剛直。

《詞論》對時弊的批評，擊中要害，建樹獨特。當中最特別是提出詞「別是一家」的理論，提出詩、詞迥別，使詞走上了獨立和長足的發展道路——可見李清照對於詞的理論和創作實踐，均作出了「壓倒鬚眉」的特殊貢獻。她在詩、詞、文學方面都受人推崇，其中以詞作最具代表性，而她的文學創作與人生遭遇息息相關。

正是因為跌宕的遭遇，作品從年輕時安閒幸福，着重描寫自然風光、閨情與相思，轉而為中後期的憂傷孤獨，寫離亂生活，充滿對往事與故鄉的回憶。她的詞作喜歡採用淺俗尋常之語，卻並非粗俗，而是從口語中提煉出來，富有表現力，能獨樹一格，自成一體。

李清照在文學史上既俯視巾幗，亦壓倒鬚眉，其格律絕高，為婦人之冠。後世對李清照的評價甚高，其詞作「傳誦千秋」，堪稱「一代才女」。

本書收錄李清照詞三十首，包括寫少女純情及婚後暫別的前期作品，與及南渡後，寫中年幽怨、晚年淪落天涯的後期作品。把詞人的時代背景及個人際遇結合起來，帶領讀者欣賞李詞的獨特風格，以及其面對人生轉變的態度。藉着詞作抒懷，了解詞人如何面對孤獨困苦、老病、家破人亡、喪夫、文物散失；透過讀文學詩詞，可以開拓心靈境界。

* 編按：此文由「千秋才女李清照的愛情生活 —— 從金石緣到《聲聲慢》」講座（2018 年 7 月 20 日）改寫而成。

講座連結

上篇

千秋才女的跌宕人生

——從幸福生活到國破家亡、喪夫、文物散失、流落異鄉

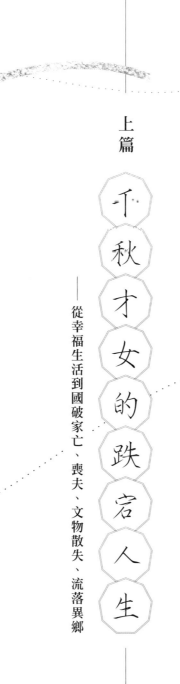

文學離不開歷史，也離不開生活，所以在介紹宋代女詞人李清照的詞作之前，必須先交代她的時代背景。因為文學與生活是息息相關的，而生活又與時代背景十分密切。

李清照的生活背景為北宋神宗至南宋高宗之際。宋代分為兩大時期：前期為北宋，北宋於「靖康之難」被金人所滅之後，宋室南渡偏安而名為「南宋」。這位「詞國皇后」便經歷過國家的興亡：北宋亡國，爾後南宋建立。

北宋是一個貧弱的年代，朝廷由於黨爭以致政局敗壞。王安石提出變法，但變法觸及許多利益既得者，所以受到很多阻撓。凡贊成王安石變法者，稱為「新黨」，而反對王安石者則為「舊黨」。朝廷上的黨爭十分激烈，可以想像一下：當整個朝廷、整個社會都在爭鬥的時候，是沒有辦法推行任何有利的事工，而且很多人都受到牽連。然而，因為宋太祖重文輕武，所以宋代的文化藝術事業十分受重視。在這種社會環境之下，李清照生於官宦之家，出生於山東濟南。歷來許多人對她稱頌不已，認為她是「南宋傑出的女文學家」，「文采有李後主的遺風」，是「千秋才女」、「千古第一才女」、「詞國皇后」。山東濟南建有「李清照紀念堂」；而不但在地上有李清照這人物的名字，水星的環形山之中，其中一座亦以李清照來命名。[1]

---

1 1987 年國際天文學會將水星上第一批環形山中的 15 座，以中國古人的名字命名。

書香門第　氣度不凡

李清照要成為一位才女，需要有甚麼因素呢？首先是家庭背景。李清照的父親李格非是一位太學博士，在當時的最高學府中擔任學官，其門下有許多門生，也是有才學的人。蘇軾很欣賞他，所以他成為蘇門「後四學士」之一。但他的人品相當清高，所以家中並不富有，然而也讓李清照成長於書香門第。李清照的母親是狀元之後，在宋史中被記載有「亦善文」三字，而李清照有七字「詩文尤有稱於時」，這都記載在《宋史．李格非傳》。在古時能在正史中出現其姓名，已經很不簡單。在史傳之中，寫人物很少寫及其妻女的，若非有相當才華能讓時人認識，是不可能被寫進去的。這幾個字已經十分珍貴。

李清照能成為一代才女，除了出身於書香門第的家庭背景，本身個性也十分重要。她博覽群書，而且熱愛生活。別以為古時女子都是三步不出閨門，從李清照早年的詞可知，她曾約了一群朋友去遊山玩水，划艇泛舟。[2] 這些活動為她的詞作添了許多題材，鋪敘十分豐富。對大自然接觸

2　見〈如夢令．嘗記溪亭日暮〉一詞。這首詞追憶在溪亭遊覽，因沉醉美景而忘記歸路，乘舟誤入荷花深處。正不知怎渡之際，又驚起水中的鷗鷺。將人、飛鳥、自然融成一體，形象鮮明。此詞大約於詞人 16 歲、初到汴京，因回憶故鄉往事而作，堪與「鬚眉」名流相匹配。

更多，眼界更廣闊。若她是三步不出閨門，生活在傳統社會中，作為女子讀多少書都沒有用。她不僅讀書，而且還有獨到見解，很有膽量。[3]她十多歲時，已透過父親認識當時許多名士，而且她還寫文章發表議論，所以她的文章在當時已能逼近前輩，為人所談論。這就是她的膽色與氣魄，連同本身的個性，造就了「千秋才女」的稱譽。

到了十五六歲，少女懷春之際，她便對愛情存在嚮往。看她早年的詩詞，文字淺白，但含意很深。我們稱她為「婉約派」，是指「言已盡，意無窮」，用很少的文字，但包含了很多意思。如她曾寫：

半箋嬌恨寄幽懷，月移花影約重來。

——〈浣溪沙〉

就是指一個女孩子，收到了或寄了半張紙的情信，然而背後還有許多說不盡的情意，也許恨對方遲把信寄來，若早一點寄到就好了，內心有很多想法。就是不知道對方甚麼時候再約自己。有學者認為此詞「詞意膚淺，不類易安手筆」，但《漱玉詞》卻收有此詞（詞句賞析見本書頁

3 李清照〈詞論〉嘗謂「自唐、五代無合格者」，宋柳永「雖協音律，而詞語塵下」，歐陽永叔、蘇子瞻所作，皆「句讀不葺之詩」。

六十三）。

以下一首就更厲害了：

蹴罷秋千，起來慵整纖纖手。露濃花瘦，薄汗輕衣透。　見客入來，襪剗金釵溜。和羞走。倚門回首，卻把青梅嗅。

——〈點絳唇〉

她是很活潑、很熱愛生活的女孩子，在後院中盪鞦韆，盪到汗濕衣衫。忽然有客人來，她因只穿着襪子（即沒穿鞋子），頭髮也散亂，急忙回房間，生怕客人看見自己的樣子。但當她走到門前，卻捨不得走，只躲在青梅之後，像是嗅青梅香味一樣，回頭看看是誰來了。從這首詞的內容估計，這客人大概就是趙明誠。通過幾個動作，生動地刻劃出嫵媚婀娜的外表情態和內心世界。這是詞人少女時期的自我寫照（詞文賞析見頁六〇）。

情投意合　互相砥礪

如此一位才女，要找對象也實在不簡單，因為很少人可以讓她看上眼；而對方亦很感壓力，因為她太出色了。幸而她卻遇上了趙明誠，他們同為山東人，趙明誠的父親是趙挺之，曾經當過宰相，而他自己則是太學的優秀子弟。

趙明誠的出身、才華在李清照的眼中，自然是如意郎君。對一個才女，只是博學的富家子弟，她未必能看上眼，她還會注意他的品格，而趙明誠能分辨是非，愛恨分明。他的父親官場如意，屬新黨一系，贊成王安石變法。趙明誠卻愛收藏金石文章，尤其喜歡蘇軾的文章，然而蘇軾是舊黨中人，所以他與父親在政治上並不能互相認同。

趙明誠是一位金石文物鑒賞家、收藏家。「金石」之「金」為青銅器、鐘鼎古董，「石」是石刻拓本、石碑上的文字，他收藏的目的旨在整理研究，對那些收藏品，是逐個古文字研究，寫了一本《金石錄》，金石學就是他的才華所在。而李清照則擅長寫詩詞文章，但她很欣賞丈夫，之後便與他一起研究金文、古董器皿中的文字。他為了收藏這些文物，俸祿用盡了，有時還要典當家中財物，才收集到一些珍貴的拓本、手抄本、書畫等。如此一個人，在李清照眼中真的很有才華。二人節衣縮食，遊遍遼遠之地，將天下古文奇字全部蒐集起來：

> 每獲一書，即同共勘校，整集簽題。得書、畫、彝、鼎，亦摩玩舒捲，指摘疵病，夜盡一燭為率。故能紙札精緻，字畫完整，冠諸收書家。
>
> ——《金石錄後序》

這一對男女的生活可謂情投意合，高雅情趣。對於才華的追求，李清照是欣賞趙明誠的才華，但他品格雖高，卻並不富有，過着清寒淡薄的生活，因為他的俸祿都拿去購買這些古董了。及後北宋亡國，徽欽二宗被擄，他們要逃難時，拖着幾十箱文物一起走。然而大家都知道這些是值錢的東西，所以會被偷被搶。他們早期的生活十分甜蜜，盡管過得十分淡泊，但他們卻繼續高雅、有情趣、互相欣賞地生活着。平日他們最大的樂趣是「賭書潑茶」：

> **余性偶強記，每飯罷，坐歸來堂烹茶，指堆積書史，言某事在某書某卷，第幾頁第幾行，以中否角（決）勝負，為飲茶先後。中即舉杯大笑至茶傾覆懷中，反不得飲而起。**
>
> ——《金石錄後序》

二人為了要比試誰更有學問，往往唸一句詩，考對方能否指出其出處，而誰答得快，便是誰勝出了，勝者便可先飲茶。又因他們對茶道亦很有研究，互敬對方飲茶，禮讓之間又會灑出茶水，便成「潑茶」了。這是多開心的生活！他們的這種逸事，後人納蘭容若便將之寫成詩句以悼念亡妻。[4] 趙李二人不斷購置文物，品味鑑賞之餘，趙明誠寫成了《金石錄》一書，後來李清照為書寫序，可看出他們的情投意合，以及其高雅情趣，十分難得。

與此同時，朝廷正值新舊黨爭，親家雙方卻是政敵。然而他們卻有一個很好的時機，那就是宋徽宗即位之初，對新舊黨都十分包容，因此他們才獲父母之命得以撮合，如同上天注定的緣分。

趙明誠何以能娶得李清照，曾有一個傳說：當時他很想娶李清照，但父親不允，因為對方的父親是自己政敵。趙明誠就跟父親說，他有天做了一夢，夢中在看一本書，書中有幾句詩，隱約記得「言與司合，安上已脱，芝芙草拔」幾個字，他的父親十分聰明，知道兒子的心意：「詞女之夫」。也就是説，我得找一個詞女給你當妻子，然而當世有哪些詞女？就只有李清照了。正因趙明誠很喜歡李清照，然而害怕父親一口拒絕，所以如此宛轉表達。

風雲驟變　不復舊時

李清照喜歡趙明誠的原因已經講過：他是太

---

4 「賭書消得潑茶香，當時只道是尋常。」（〈浣溪沙 · 誰念西風獨自涼〉）。納蘭性德引用了趙李二人「賭書潑茶」的典故，引喻説明往日與亡妻有着同樣美滿的夫妻生活。

學生，很有才華，品格高尚。因此他們的結合，可謂是天作之合。李清照 18 歲嫁趙明誠，趙明誠比她大三歲，然而婚後不久，宰相蔡京要清算政敵，列出「元祐奸黨」[5] 名單並立碑，將所有曾經反對王安石變法的人，一一列在碑上，李格非亦在其中。李格非因受牽連，遭到免職；而李清照的家翁趙挺之，則升職為副宰相。當時李清照曾寫詩給家翁，期望他能幫忙父親，然而這首詩已經失傳。她的作品許多已經失傳，流傳至今的詩詞只餘七十多首。在字裏行間，仍找到一句話：「何況人間父子情。」估計這是希望家翁救她的父親，指出他的政見並非那麼激烈，只是被牽連的。然而他的家翁不肯相救，估計因為怕自己的烏紗帽不保，政治前途受影響。後來又見李清照有七個字寫下——當時其家翁已升為宰相——李清照才 22 歲，大膽寫下「炙手可熱心可寒」，指控家翁權傾朝野也不肯幫她的父親，令她感到心寒，不怕得罪家翁。

朝廷的政局風雲變幻，蔡京專權，結果她的家翁很快便被排擠回鄉。當時李清照隨丈夫及其家人一同回鄉，返回山東青州居住。這段青州的

5　宋徽宗聽信蔡京主張，將元祐年間（哲宗年號）反對王安石新法的司馬光、蘇軾、蘇轍、李格非等 309 人，列為「元祐奸黨」，立碑於端禮門公告天下。其後又下令在全國刻碑立石，並將上述等人或囚或貶，子子孫孫世代不能為官。翌年因朝野反對，徽宗下令將元祐黨籍碑銷毀。

生活日子，正好讓她們夫妻之間可以好好相處，正是夫妻最恩愛的時光。直到 42 歲之前，趙明誠依然故我，經常去市集收購字畫、手抄本。然而內憂之後又有外患，至徽、欽二宗被擄，金人南下，宋室南渡，高宗趙構即位。他們便要拖着幾十箱文物逃難，中途散失不少，其艱辛情況可想而知。到了南方之後，丈夫為官，與她又要分開；她 46 歲時，趙明誠染痢疾，因用藥不當，同年逝世。

歲月鑄字　苦難煉詞

了解過時代背景之後，明白李清照的勇敢率真，夫妻二人是才子佳人、金石良緣。到了晚年國破家亡，喪夫，都可以從她的詞中得見。最感人之作便是〈聲聲慢〉(詞牌名)：「尋尋覓覓，冷冷清清，淒淒慘慘戚戚。」

第一首

〈如夢令・昨夜雨疏風驟〉

昨夜雨疏風驟，濃睡不消殘酒。試問捲簾人，卻道海棠依舊。 知否？知否？應是綠肥紅瘦。

這是她16歲時的作品，當時尚未結婚。詞中最精警句子是「綠肥紅瘦」，十分大膽，敢將肥瘦二字入詞，卻不見俗氣。詞中寫的多是現象，是可見、可觸摸的事物，如風、雨、酒等等。風是急的，雨是疏的，飲酒過後自己正在熟睡，醒來酒意未全消，因正心中有愁思百結。若光看「昨夜雨疏風驟，濃睡不消殘酒」便可感受到當時氣氛，也有人物的情態。為何她當時會如此表現呢？因為不太開心，心有惆悵。大家可能會覺得，才16歲，能有甚麼惆悵？但作為文學家，心思總是敏感的，昨天一場風雨，總會把一些美好的事物摧毀。她的內心有此活動，看到環境氣氛，因此她很想知道實際情況，於是立即問替她捲簾的侍女。她沒有說問侍女甚麼，但從侍女的回答即可知，她問的是海棠花狀況。然而侍女「卻道海棠依舊」似是隨口的敷衍回應，她不滿意這答案，立即說「知否？知否？應是綠肥紅瘦」。昨晚大風大雨，那些花不可能完全沒事的，只差是大事或小事。「知否？」就是問你知不知道，應該是有所變化的，「綠肥紅瘦」是指樹葉經雨水滋潤而肥，而花卻變得凋零萎縮。

很多人欣賞她這首絕唱，十分生動，有形象美，很大膽。用肥瘦入詞，形容的卻是花與葉，因此不見俗氣，因此才會被人評為「絕唱」。

第二首

〈醉花陰・薄霧濃雲愁永畫〉

薄霧濃雲愁永畫，瑞腦銷金獸。佳節又重陽，玉枕紗廚，半夜涼初透。 東籬把酒黃昏後，有暗香盈袖。莫道不銷魂，簾捲西風，人比黃花瘦。

李清照 18 歲結婚，19 歲卻朝廷變故，與丈夫分隔異地，所謂「每逢佳節倍思親」，到了重九，思念自然更加強烈。想起重九，想起菊，「薄霧濃雲愁永畫」是觸景生情，是一種鋪敘，就是先看很多環境事物，而且都與她想表達的事情是有關的。看窗外有「霧」有「雲」，而室內則有「瑞腦銷金獸」。「金獸」是金屬製的獸形香爐，「瑞腦」則是香薰。「佳節又重陽」中用了「又」字，讓人聯想昔日佳節有丈夫相伴。但今年不同昔日，就是因為與以往不同，思念便更強烈了。「玉枕紗廚」，就是看見睡房中的瓷枕與蚊帳，「半夜涼初透」充分表達孤單寂寞的感覺。

這首詞是夫妻分別之後，李清照寫給丈夫的信。丈夫看了之後，也將〈醉花陰〉詞混入他自己用三日三夜寫的 50 首詞中，給他的朋友陸德夫，問：「這 50 首中，哪一首寫得最好？」數日後陸回答：「沒哪一首好，就只有三句最好！」那就是李清照原創的那三句：「莫道不銷魂，簾捲西風，人比黃花瘦。」由此可見，李清照的詞實在很有魅力，此詞就如同圖畫一般豐富，從室外寫到室內，從客觀的環境，引起了一種愁思。第一句「薄霧濃雲愁永晝」就帶出內心世界，讓人能體會其心情，而且能看出其細緻的觀察，從而帶出感情，這就是文學家的能耐。

「東籬把酒黃昏後」中，「東籬」讓人想起陶淵明的詩句「採菊東籬下」，[6] 也就是品菊花、飲菊酒。「有暗香盈袖」則出自古詩十九首中「馨香盈懷袖，路遠莫致之」，[7] 意指丈夫有好東西（馨香）想送自己，但因不在身邊，無法送贈，所以只好暫時藏於袖中。至於「簾捲西風，人比黃花瘦」，不知有何體會？簾捲之際何以想起西風？

這是一種淒涼的感覺。言有盡而意無窮，而她丈夫收到時，卻會感到十分震憾。實際上是因西風而捲起簾，有秋涼、涼天、秋風秋雨愁煞人等秋意感覺，由於她的相思、獨居，丈夫不在身邊，十分憔悴，所以比菊花還要瘦削。如此將菊

6　陶淵明的「採菊東籬下，悠然見南山」（〈飲酒・其五〉），是寫自己擺脱了塵俗繁囂，終能投入自己熱愛的田園生活，飲酒、賞菊。只要心存高遠，無論身處何地都能達到心境寧靜。

7　「馨香盈懷袖，路遠莫致之。此物何足貴，但感別經時」（〈古詩十九首・庭中有奇樹〉）。此詩寫花的香氣染滿襟袖，惟天遙地遠、兩地相隔，不能送到親人手中，只能借花兒表達懷念之情。

花與自己比較，很難沒有淒涼的感覺，所以「銷魂」就是淒涼之意。

李清照的詞何以成為絕唱？就是因為她的深情，無限相思，耐人尋味。手法十分含蓄，毫不濫情，且前後呼應：如「愁」與「瘦」、「涼」與「簾捲西風」等，結構十分講究。李清照的前期作品，所謂「曲盡人意，姿態百出，餘韻綿綿，美不勝收」，這正是後人對她的點評。

第三首

〈一剪梅・紅藕香殘玉簟秋〉

紅藕香殘玉簟秋。輕解羅裳，獨上蘭舟。
雲中誰寄錦書來？雁字回時，月滿西樓。
花自飄零水自流，一種相思，兩處閒愁。
此情無計可消除，才下眉頭，卻上心頭。

這首也屬前期作品，是22歲所作，背景也是「新舊黨爭」。當時發生了一件事，李清照因而寫了這首詞：當時她與丈夫分居異地，勞燕分飛，故她不能留在京師，要跟她的父親返回家鄉。諸位或認為「只不過夫妻分離二地而已」，但別忘了背後還有政治因素，即政治鬥爭中的身份之別。所以我們欣賞作品時，不能以現代人夫妻分別二地公幹作為對比，並沒有那麼簡單。

詞的起首也是豐富的鋪敘，看見有荷花（藕）、竹蓆（玉簟），大概就在自家花園之中。時值秋天，已有涼意，她對生活十分熱衷，所以獨自划舟，須知這一個「獨」字，反映如丈夫在身邊，定當兩人相伴，而現在則只有自己一人。寫到這裏，可以看到她從室內走到戶外，再從自家的花園走到水面的小舟之上，意象十分豐富，如同圖畫一般。然後她便抬頭，看見天上的浮雲，從中可使她的鋪敘充滿變化。在天空中看見「雁」，由於飛鳥在古時具有傳書的功能，她便回想丈夫有否寄信給自己？現實上並沒有收到過丈夫的信。行文至此仍是白天，下句「月滿西樓」便已是夜晚了，亦即等了很久，十分惆悵。

上片中的「獨上蘭舟」，與下片的「花」字呼應：「花」一般用來形容女子，而「花自飄零」便如同蘭舟上的自己；而「水自流」就是形容丈夫在外，繼續去做他自己的事。而「一種相思」何以會有「兩處閒愁」呢？就是指分隔兩地的自己與丈夫，而且很有信心，相信自己想念對方的同時，對方定必也在想念自己。這一種情懷，她始終無法消除，「才下眉頭，卻上心頭」便表現出一種距離，此一設想也是相當精妙的：「眉」與「心」雖是很短的距離，但「眉」是別人可見的，但「心」是自己感受的，即說自己決定不想再去想了，但思念仍在，一剎那間，立即在內心中湧現了。這就是她詞意的鮮明之處。

第四首

〈武陵春・春晚〉

風住塵香花已盡，日晚倦梳頭。物是人非事事休，欲語淚先流。 聞說雙溪春尚好，也擬泛輕舟。只恐雙溪舴艋舟，載不動許多愁。

這首是後期寫的，與前期十分不同，但這首詞依然婉約，沒有甚麼誇張的文字。「風住塵香花已盡」，有風、有塵、有花，從視覺上都是可見的，而動作卻是「倦梳頭」，也就是不想梳，假如是電影畫面，就是拿着梳子慵懶地坐着，卻沒在梳頭。這是一個動態描寫，表達出厭倦之情。這是一種鋪敘，是《詩經》賦、比、興的作法：賦是直敘，但直敘也可以是多變化、多角度，畫面豐富的。

若不了解李清照的背景，光看「物是人非」四字，很多人以為是老生常談。但對李清照而言，這是北宋滅亡、宋室南渡，自己跟丈夫一起逃難，一心想保護這批文物，結果仍然不斷散失，之後丈夫離世，而自己寫這首詞時已經 52

歲，已到遲暮之年，這正是她的「物是人非」，所以「欲語淚先流」。然而我們知道她早年就很懂得生活，雖然目前已遭遇許多事故，但她仍有解脫的方法。因此下片筆鋒一轉，寫「聞說雙溪春尚好，也擬泛輕舟」，就是想到當地風景名勝區散心。但她有去嗎？並沒有。她提這件事，是表達很想解脫自己的鬱結：還有甚麼辦法？不如出去走走？那地方的春天景色很好，但從「擬」字就知並沒有行動。下句「只恐雙溪舴艋舟」，這裏的「只恐」與前句的「聞説」，都是一剎那間，很想解脫之心，而作了一片虛擬之景，一場虛擬之行。她很想去，但沒有去，她的一念閃光，竟然一波三折：想起少女時的自己多開心？想起丈夫在時相處得多寫意？但現在都沒有了，十分深沉。「只恐雙溪舴艋舟，載不動許多愁」，舴艋舟是很小的船，承載不了她的愁。大家還記得李後主如何寫「愁」嗎？「問君能有幾多愁？恰似一江春水向東流」，可見在李後主的眼中，「愁」仍是有數量的。然而李清照如何寫？她筆下的「愁」並沒有「數量」，而是「戴不動」的，亦即「重量」。由此可見，李清照心中的愁，不是閒愁，不是離愁，而是國愁、家愁、情愁（丈夫去世），所以顯得沉重。

全詞的內容深刻，用字卻十分淺顯簡單，她的婉約便是如此而來，率真自然。她的「欲語淚先流」並不是簡單的愁緒。

第五首

〈聲聲慢・尋尋覓覓〉

尋尋覓覓，冷冷清清，淒淒慘慘戚戚。乍暖還寒時候，最難將息。三杯兩盞淡酒，怎敵他、晚來風急！雁過也，正傷心，卻是舊時相識。 滿地黃花堆積。憔悴損，如今有誰堪摘？守着窗兒，獨自怎生得黑。梧桐更兼細雨，到黃昏，點點滴滴。這次第，怎一個愁字了得！

凡提及李清照，一定知道她的〈聲聲慢〉。這「慢」字並不是快慢之慢，而是指「慢詞」、「長調」之意，達 91 字以上。這首詞的一大特色，就是連用疊字。作詞的背景，與〈武陵春〉是相同的，也是國破家亡、顛沛流離、金兵南侵、北宋滅亡、丈夫去世、文物散失，就是在這情況下所寫的。

她在這時期所寫的哀思，與早年所寫的風格十分不同：早年即使與丈夫分開，但那只是生離，總有重逢的一日，而現在卻是死別。昔日的寫法，是「我在想念你，你也該在想念我吧？」，十分有信心。但到了此時，甚麼都沒有了，已經死別。如何表現這種愁苦、孤寂、落寞呢？若非文學家，大概會感到難以表達，只能盡在不言中；但我們透過欣賞她的作品，便會感到十分特別，她竟選用入聲韻，換一般人的話，大多會選用平聲韻。

此詞一開首，即連用 14 個疊字，這是為了加強語氣的修辭手法。

在李清照的詞中，她用疊字正是要加強自己的哀寂，而且不僅用一組，更是連用七組共 14 字，並以三層遞進。一開的「尋尋覓覓」是動作、行動、狀態，是在尋找東西，但她在找甚麼呢？可能是在找丈夫的遺物，以解思念之情。然後「冷冷清清」是環境，接下來「淒淒慘慘戚戚」是心理狀態，也是感情羈絆。入聲字是短促的，是不能把音延長的，她是在寫一種愁，一種如泣如訴，如此便有一種音韻效果。「乍暖還寒時候」就是忽冷忽熱的天氣，而「最難將息」是宋代時的口語，意指很難適應、很難休息，如何才能舒服？而「三杯兩盞淡酒」，説明酒若夠濃的話，就已經解了愁，正因為淡，才會無補於事。再在她的詞，接下來看到「風」，然後「雁過也，正傷心，卻是舊時相識」。昔日她看見雁是很開心的，為何現在傷心呢？因為可能會收到信，丈夫有信寄給自己，但現在已經沒有可能，所以看見時便只有傷心。雁是舊時相識，昔日曾替她傳遞音訊，這是她的主觀認知。

到了下片，她先寫「滿地黃花堆積」，是與別不同的，一般會説「落英繽紛」，但她用了「堆積」，可見是很長時間，堆了很多。只有一兩片，很容易隨風而去，但正因為多，可以看到時間的過去，才能有所堆積，是風也吹不去的，這就是文學家的婉約了。「憔悴損」既是説花，也是在説自己已經遲暮之年，正是「如今有誰堪摘」？然後「守着窗兒，獨自怎生得黑」，她獨自倚着窗邊，看見黃花堆積。而更哀傷的是「梧桐更兼細雨」，當心情不好時，聽着一滴滴的雨聲，真的很煩。一個「細」字，就讓我們感受到她的心煩，因為她聽得很清楚，雨是一滴一滴一滴地落下的。「到黃昏，點點滴滴」，此處再見疊字，至此有九組共 18 個疊字。「這次第」即指現在的情況。「怎一個愁字了得！」用一個「愁」字來形容可以嗎？不可以，不僅一個愁字，因為還有很多很多的其他的情懷。

結語

郭沫若稱李清照有「（李）後主遺風」，李後主即南唐後主李煜，背景源於晚唐，作品可以分為兩期，以亡國為分水嶺：亡國前主題為他與大周后、小周后（兩姊妹）的生活為核心，多是彈琴、作詞，盡是風花雪月、卿卿我我的內容，這些作品傳誦不多；而亡國之後，他的作品則有很多懷念故國的憂思。同樣，李清照的作品以北宋亡國為界，早期以金石緣為主題，而後期宋室南渡、財物失散、國破家亡、丈夫去世，她要守住那些文物，一介女子又有何能力？所以她的晚年作了受人非議的一件事：就在她生病之際，遇上了一個男人，希望依靠他幫忙守護這些遺產。這個男人大獻殷勤，令她以為可以付託終身，因而改嫁；事後發現這男人一心窺覦她手上的文物，她也十分勇敢，立即提出離婚。在宋代，女子提出離婚可以是一項罪行，但她抓住這男子的不是，立即提出離婚，結果需要入獄坐牢。後來她得到前輩求情，坐了幾天牢才獲釋。

由此可見，李清照人生的前期十分幸福，與丈夫志趣相投，兩情相悅。儘管兩家的關係並不和諧，但始終有丈夫相伴。然而她的人生並不尋常，過這種人生也不容易。她被騙之後，很勇敢站出來，不惜坐牢也要離婚，這便是她後期的遭遇。宋室南渡令她歷盡艱辛，丈夫去世令她的文物散失，從《金石錄後序》之記載可以一清二楚。然而再婚被騙，情緣淺薄，可見這女子一生中只有一個男人，是與她真心相愛的，兩情相悅、互相欣賞。

下篇

詞選三十首

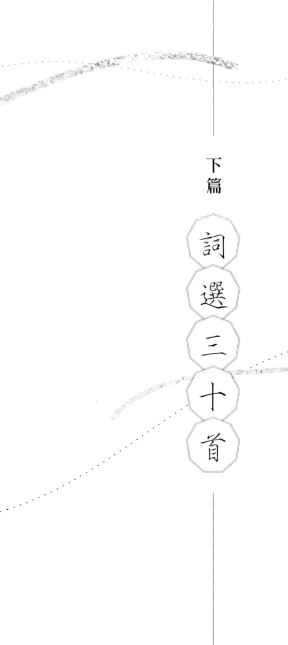

第一首

〈如夢令·嘗記溪亭日暮〉

嘗記溪亭日暮，沉醉不知歸路。興盡晚回舟，誤入藕花深處。　爭渡，爭渡，驚起一灘鷗鷺。

詩歌朗誦

寫作背景

此詞是李清照寫婚前在山東濟南的一次盪舟外遊。「嘗記」二字，説明此詞為追憶故鄉往事而作。

李清照 18 歲與趙明誠結婚居於汴京，所以這次溪亭之遊，很可能是 16 歲的早期作品。

內容賞析

全詞追憶在溪亭遊覽，因「沉醉」忘記歸路，乘舟誤入荷花深處。不知怎渡之際，慌忙划船，奪路急歸，驚起水中鷗鷺。將人、飛鳥、自然景物融成一體，形象鮮明。

「嘗記」兩句，起筆平淡，明確表示追述，地點在「溪亭」，時間是「日暮」。

「沉醉」二字流露心情愉悅，作者迷戀於自然美景，率真活潑。

「不知歸路」曲折道出作者流連忘返的情致，遊興盎然。

「興盡晚回舟」，暗示興未盡不想回舟，表明興致之高。但因天色已晚，竟然迷了路，誤闖進盛開的荷花叢中。「深處」顯示水面之大，又可見荷花之多。

「爭渡」至「驚起一灘鷗鷺」，這樣的美景，躍然紙上，自然和諧。經過一番奮力揮槳，驚動了沙灘上棲息的水鳥，驚起四散，打破了寧靜，頓時出現滿天鷗鷺的奇觀。

短短 33 字的小令，以淺白文字，寫出夏日傍晚奇妙的湖景；又表現出少女快樂的生活，與天真的情趣。

作法特色

這首憶昔詞，寥寥數語，含意深遠，以特有的表達方式，顯現早期生活的情趣和心境。給人有足夠的美的享受。

1. **創造詞境：**

回憶遊賞之樂，寫出時間、地點、景物及心情，景象開闊，境界優美宜人。「溪亭」、「日暮」、「沉醉」、「爭渡」、「藕花深處」、「一灘鷗鷺」，雖是惜墨如金，少女活潑動人的畫面，已呈現眼前。

2. **緊湊呼應：**

「誤入」二字，呼應前句「不知歸路」，也聯繫下句「驚起」。以遊興開始，中間以溪亭沉醉，急切回舟，到誤入藕花叢中，最後驚起鷗鷺。當中的起伏變化，甚具節奏感。

3.　用語自然，不事雕琢：

語言明白如話，卻有百讀不厭的魅力，表現出來的藝術特色，給人耳目一新，「獨樹一幟」。

4.　氣象廣闊，有豪放氣：

本詞在古人的一些版本中，被說成是蘇軾等人的手筆。故清末評家沈曾植《菌閣瑣談》曾說：「易安倜儻，有丈夫氣，乃閨閣中之蘇（軾）、辛（棄疾），非秦（觀）、柳（永）也。」

第二首

〈怨王孫・湖上風來波浩渺〉

湖上風來波浩渺。秋已暮，紅稀香少。水光山色與人親，說不盡，無窮好。

蓮子已成荷葉老。清露洗，蘋花汀草。眠沙鷗鷺不回頭，似也恨，人歸早。

寫作背景

這是一首秋日遊湖詞。詞人委婉又細膩地傳達出一種鮮明的秋意。秋天常給人帶來蕭瑟冷清的感覺，尤其文人筆下的秋景，多是如此，例如杜甫的「萬里悲秋常作客」名句。可是李清照這首〈怨王孫〉的秋景，展現的是一幅清新廣闊的圖畫，賦予大自然生命和感情，見出詞人不同凡響的情趣，對湖山的喜愛和留戀。

從字面上不能確定本詞的寫作日期，但相信與〈如夢令・嘗記溪亭日暮〉兩次時間相隔不遠，當也是作者結婚前後，居汴京時所作。

內容賞析

全詞通過對秋景的描繪，表達作者熱愛大自然的心情。

上片：首句以「湖上風來波浩渺」，展開無邊際的湖面，給人遼闊之感，跟着寫晚秋景象，荷已萎謝，只剩下稀少的紅花，散發出淡淡的餘香。但湖水瀲灩，秋山點翠（「水光山色」），顯得格外可親。此情此景，有「說不盡」的美好。一句「紅稀香少」，通過自然界色彩和氣味的變化，進一步點染深秋的景觀。作者不說人們如何喜愛山水，卻說「水光山色與人親」，將大自然感情化、人格化。

下片：寫「荷葉」雖已衰老，香氣消歇，然而「蓮子」「已」經「成」熟，蓮蓬挺立。那湖邊的蘋花和岸上的小草，被「露」水「洗」過，標示深秋時令。沙地上有鷗鷺在休憩，當我走過，牠們連頭也不回，似乎恨我歸去太早，不肯道別。巧妙地運用擬人法，從鷗鷺的角度抒發情感，含蓄深切。結句不說人不願離去，而是說安歇在河岸上的鷗鷺不願讓人們拋下牠們離去，表現詞人留戀這裏的湖光山色。

總括而言，本詞保持婉約詞的本色，作者也把愛湖山的感情，說成「水光山色與人親」。把留戀美景的心情，用「眠沙鷗鷺不回頭，似也恨，人歸早」來表達，可謂曲盡人意，既有景物描繪，又有感情抒發。

作法特色

有謂「漱玉詞」，能夠「用淺俗之語，發清新之思」，稱讚其用語淺顯通俗，而表達的思想感情卻很新穎，不落俗套。在「紅稀香少」語句中，不是為「秋已暮」、「荷葉老」而傷感，而是為「水光山色」、「蓮子」荷蓬，及「蘋花汀草」而歡歌。在詞意上頗有創新。

在結構方面，上片為「泛寫」：從整體着眼，對所有景物進行全面觀照。說「水光山色」，秋風秋水以及秋暮，「紅稀香少」同是泛泛之談。

下片「專寫」：從局部入手，專指定某一物景進行具體描述，說荷花「蓮子已成荷葉老」；而「蘋花汀草」以及恨人歸早之「眠沙鷗鷺」，同樣具有特殊意義。上下兩片，展示兩個不同畫面，一遠一近，一虛一實，互相映照，令湖上風光富有姿彩。至於「與人親」及「不回頭」，乃擬人手法，於客觀物景注入主觀感情色彩，令湖上風光富有魅力。

第三首

〈點絳唇·蹴罷秋千〉

蹴罷秋千，起來慵整纖纖手。露濃花瘦，薄汗輕衣透。　見客入來，襪剗金釵溜。和羞走。倚門回首，卻把青梅嗅。

寫作背景

此詞當為李清照少女時期之作，寫於「靖康之難」前，詞人生活仍然沉醉於幸福美滿之中。這時期的詞，主要是抒寫對愛情的強烈要求，對自由的渴望。風格基本上是明快的，寫盡少女純情的神態。

內容賞析

上片寫盪完鞦韆的精神狀態。詞人不寫盪鞦韆時的歡樂，而是剪取了「蹴罷秋千」後的一剎那間，此刻全部動作雖已停止，仍可想像少女盪鞦韆時的情景。羅衣輕飄，靜中見動，以花喻人，生動形象的勾劃出少女盪完鞦韆後的神態。雙手懶懶的垂下，身上香汗濕透，如弱小花枝上掛着晶瑩的露珠。

下片以動作寫詞人心理，「見客入來」，感到驚詫，來不及整理衣裝，急忙迴避。幾個動作，層次分明，把少女含羞、好奇，以及愛戀的心理活動，栩栩如生地刻劃出來。「倚門回首，卻把青梅嗅」。這正是青年男女真實心態的寫照。別具一格地向世人展示她作為待字少女的內心世界。

作法特色

1. 透過動作寫情態和內心世界

「蹴罷秋千」、「慵整」、「襪剗金釵溜」，寫情態嬌柔。「和羞走」寫媚態。

「倚門回首」、「卻把青梅嗅」，寫初遇的內心泛起漣漪，怕見想見，卻又不能見。

2. 以花喻人

「霧濃花瘦」兩句寫清晨花園裏，嬌嫩的花瓣上凝結着晶瑩露珠。襯托少女由於盪鞦韆時太用力，額上滲出汗珠，衣衫盡濕。展現了一幅女子美態圖。

3. 以女性角度寫少女

情真、意切；無所阻隔，有別於男性文人仿照女性口吻寫作的傳統，絕無「隔靴搔癢」之感。女詞人一層層地描繪出一位天真活潑、好奇而又矜持的少女形象。既見外表情態，又見內心世界。

第四首

〈浣溪沙·繡面芙蓉一笑開〉

繡面芙蓉一笑開，斜飛寶鴨襯香腮，眼波才動被人猜。　一面風情深有韻，半箋嬌恨寄幽懷，月移花影約重來。

寫作背景

此乃少女時期作品，作者早期生活優裕，寫作多以閒情逸趣，兒女情長為主。

內容賞析

首「繡面芙蓉」句表示女主角天生俏麗，再加上悉心裝扮、入時的華飾，勾劃出動人的外貌。面龐如出水芙蓉，光艷明亮。

「斜飛寶鴨」，鴨形的頭飾斜插鬢邊。「眼波才動被人猜」形容少女美目流盼，宛如秋水，映照着內心的喜悅與怕人發現自己秘密，作者捕捉這一真實，用樸實無華文字表現出來，增添情韻。

下片刻劃內心世界：因為久不見面，以書信傳達愛意，明月上移，花影移動，到那時就來幽會吧！

詞中女主人身處青春愛情之中，情緒難免波動，寫信抒懷，大膽追求，反映了少女芳心初動時複雜的心理，亦寄寓了詞人對美好愛情的嚮往。

作法特色

1. **肖像描寫：**

用比擬襯托，側面描寫。例「繡面芙蓉」、「斜飛寶鴨」、「一笑開」，變靜為動，少女一笑，紅腮暈開，如芙蓉花迎風而開，畫面活現。「眼波才動被人猜」，矜持得妙。

2.　**心理刻劃：**

全詞發揮了女性思維的長處，在氛圍及細節上捕捉花前月下，表現少男少女對愛情的未來追求及期待。

第五首

〈如夢令・昨夜雨疏風驟〉

昨夜雨疏風驟，濃睡不消殘酒。試問捲簾人，卻道海棠依舊。　知否？知否？應是綠肥紅瘦。

寫作背景

李清照前期的作品，表達了惜花傷春的情感。

內容賞析

詞中最精警句子是「綠肥紅瘦」，十分大膽，敢將肥瘦二字入詞，卻不見俗氣。詞中寫的多是現象，是可見、可觸摸的事物，如風、雨、酒等等。風是急的，雨是疏的，飲酒過後自己正在熟睡，醒來酒意未全消，只因心中有愁思百結。若只看「昨夜雨疏風驟，濃睡不消殘酒」便可感受到當時氣氛，也有人物的情態。為何她當時會如此表現呢？是因為心有惆悵。作為文學家，心思總是敏感的，昨天一場風雨，總會把一些美好的事物催毀。她的內心有此活動，看到環境氣氛，因此她很想知道實際情況，於是立即問替她捲簾的侍女。詞裏沒有點明問侍女甚麼，但從侍女的回答即可知，她問的是海棠花狀況，然而侍女「卻道海棠依舊」似是隨口的敷衍回應。她不滿意這答案，立即說「知否？知否？應是綠肥紅瘦」，昨晚大風大雨，那些花不可能完全沒事的，只差是大事或小事。「知否？」就是問你知不知道，應該是有所變化的，「綠肥紅瘦」是指樹葉經雨水滋潤而肥，而花卻變得凋零萎縮。

這首詞十分生動，有形象美、很大膽，堪稱

絕唱。用「肥」、「瘦」入詞，形容的卻是花與葉，不見俗氣，被人評為「絕唱」。

作法特色

在文學上，〈如夢令〉之「令」字是一種詞的體制，稱「小令」，在58字之內；而後有「中調」，最長為「長調」（慢詞），達91字以上。這首〈如夢令〉字數少，有問有答，又十分工整。

這首詞正展示了婉約派的詞風，含蓄委婉，沒有明說「要留住青春」之旨，卻流露出惜花的傷感之情，寓意萬一有甚麼風吹雨打，青春便留不住了。主僕之間的對話，也是相當傳神。

第六首

〈漁家傲·雪裏已知春信至〉

雪裏已知春信至，寒梅點綴瓊枝膩。香臉半開嬌旖旎，當庭際，玉人浴出新妝洗。　造化可能偏有意，故教明月玲瓏地，共賞金樽沉綠蟻，莫辭醉，此花不與群花比。

寫作背景

這是一首雪中賞梅詞，屬李清照前期作品。

內容賞析

上片正是一幅寒梅圖，寒梅於雪地開放，報告春天信息，梅枝積雪變粗（膩）。開篇兩句「雪裏已知春信至，寒梅點綴瓊枝膩」實寫，跟着兩句虛擬「香臉半開嬌旖旎，當庭際，玉人浴出新妝洗」，以「玉人」比擬，謂其「香臉半開」、「嬌」嬈、「旖旎」柔美。意謂庭院中，初綻的梅花恰似美女的嬌容那樣動人；雪中的梅樹又像剛出浴後的美人那樣嬌柔多姿。作者通過觀察、聯想所產生的主觀感受，作出具體的形像描繪，使梅花富於誘人的魅力。

下片抒寫月下賞梅之情。「造化可能偏有意，故教明月玲瓏地」二句，説造物主「可能」深深理解「我」賞梅的佳興，特意讓「明月」變得更加皎潔，「玲瓏」一詞則渲染一幅月下賞梅的美好境界。詞人不説自己月下賞梅的興致強烈，而用「造化」、「有意」、「偏」與「故」，強調特別賜予，造成天遂人意，體現由衷讚歎。

「共賞金樽沉綠蟻，莫辭醉，此花不與群花比」三句寫與人舉杯（「金樽」）一起飲酒（「綠蟻」，酒的代稱），共賞梅花。面對這「不與群花比」的梅花，誰能不開懷暢飲（「莫辭醉」）？此處把詞人被月下寒梅所陶醉的情致活現。

作法特色

梅花既然不和「群花」類同，那麼能體味梅花精神的人，自然十分高雅，不同凡響。

本詞作者帶着對梅花的讚美，貼切地描繪「庭際」梅花的狀貌，體物言情，把自己高雅的志趣，傾注入梅花，用「雪」、「月」作背景，成功地映襯出梅花的高潔與孤傲品格。

第七首

〈鷓鴣天・暗淡輕黃體性柔〉

暗淡輕黃體性柔，情疏跡遠只香留。何須淺碧輕紅色，自是花中第一流。　梅定妒，菊應羞，畫欄開處冠中秋。騷人可煞無情思，何事當年不見收？

詩歌朗誦

寫作背景

這首詠桂詞，通篇雖無「桂花」二字，但花香、花色、花性、花品，均宛然如見。

本詞大約作於李清照隨丈夫隱居青州時。寫桂花的色淡香濃，貌不驚人，但它的雅淡脱俗和宜人香氣，足以成為「花中第一流」。鑒於創作此詞時，與趙明誠雙雙沉醉於藝術大地之中，全詞表達的是作者自娛得意的心態和情緒。

內容賞析

首二句用白描手法，突出桂花色澤、形體和清香四溢的特質:「暗淡輕黃」，不會刺人眼目;「體性柔」絕無驕矜之態。

「情疏跡遠」於幽深之處，不惹人注意，只「留」給人「香」味，無論在山野、在庭院，只要桂花開放，人們總是先聞其芬芳，後覓其形跡。

第三句開始轉入對花的品評，在「淺碧輕紅」的百花中，桂花不以艷色迷人，而以色淡「性柔」、沁人心脾的芳香，贏得「花中第一流」的美譽。「何須」二字，給予「跡遠」品高的桂花，高度評價。

下片「梅定妒」、「菊應羞」兩句指出，百花之中，春梅和秋菊歷來受到讚賞，在桂花面前卻自嘆不如，產生了妒忌和羞愧的心理。用「定」

字、「應」字，表示確信口吻。肯定桂花是秋季名花之冠，故云「畫欄開處冠中秋」。

最後兩句：「騷人可煞無情思，何事當年不見收？」「騷人」：指屈原；「可煞」：解作可是。屈原在〈離騷〉中，用褒揚之筆，列舉了各種香草名花，以比況君子修身之美德，可是偏偏沒有提到桂花。作者故意質疑這位先賢沒有情思，突出其對桂花愛慕之情。

作法特色

1. 長於白描：

首二句寫桂花外形、特質：色黃而冠以「輕」再加上「暗淡」二字，指桂花不以顏色取悅於人，而是秉「性柔」。「跡遠」深山，惟將芳「香」，飄「留」人間，形神兼備。

2. 善於品評：

第三、四句「何須淺碧輕紅色，自是花中第一流」，指桂花何必強求外貌，只是那樣雅淡而幽香，已成為百花之冠。表現作者的審美角度，重視內在的美、品格的美。

3. 用比較襯托：

將梅、菊與桂花相比，「梅定妒」，「菊應羞」，以主觀的感情色彩，認定梅、菊也自嘆不如，突出桂花的內在美。

4. **託物抒懷：**

詠物之作，在借物以寓性情，桂花貌不出眾，色不誘人，只是馥香自賞。正是作者傲視塵俗，正直挺拔的品格寫照。

名家點評

湯高才：首兩句看是詠桂花，又似詠人，似在歌頌一種內在的精神的美，語意蘊藉，耐人尋味。

——《花鳥詩歌鑒賞辭典》

孫崇恩：全詞詠物不滯於物……「表現詞人重內在美、質樸美和崇尚淡雅高潔的情懷。

——《李清照詩詞選》

劉瑜：此詞並非僅詠桂花，而寄託遙邃。易安也以「第一流」、「冠中秋」的桂花自喻自勉。

——《李清照詞欣賞》

王國維：「何須淺綠輕紅色，自是花中第一流」。易安語也，其詞品亦似之。

——《人間詞話》

第八首

〈浣溪沙・淡蕩春光寒食天〉

淡蕩春光寒食天，玉爐沉水裊殘煙。夢回山枕隱花鈿。　海燕未來人鬥草，江梅已過柳生綿，黃昏疏雨濕秋千。

詩歌朗誦

寫作背景

本詞為早年之作。宋室南渡前，清照詞主要寫閨中生活和自然樂趣，基調樂觀明朗，偶有淡淡哀愁，但無淒涼之感。

內容賞析

全詞以「秋千」寫「寒食」為主線，並攝取事物，圍繞「寒食」節下筆。

上片：首句「淡盪春光」四字，直接描繪「寒食天」。清明時節，春光滿地，薰風陣陣。玉爐中的沉香（「沉水」）殘煙飄送出醉人的清香。午睡醒來，頭戴的花鈿落在高枕床邊（「山枕隱花鈿」）。

下片：人物所在空間由室內轉移到庭園，被少女們作「鬥草」遊戲的歡笑場面吸引，卻未見雙雙對對、穿花拂水的燕子到來（「海燕未來」）。當停步觀賞園中花木時，梅樹梢頭已無殘紅，只見楊柳枝上現出白絮。時間由白晝推移到「黃昏」，並下起疏落的細雨，以寒食日「秋千」被淋濕的畫面作結。

作法特色

1. 時空的轉移：

時間而言，由下午至黃昏，詞中「夢回」寫午夢醒來，是全詞的分水嶺。

空間轉換，上片寫戶內，下片寫人物的空間轉移到庭園。

2. 一句一畫面：

「淡盪春光」，總攝戶內外畫面。

「沉水裊殘煙」、「山枕隱花鈿」兩句，透過嗅覺、視覺攝取戶內兩個畫面。「人鬥草」、「柳生綿」、「疏雨濕秋千」三句，透過聽覺視覺攝取戶外三個畫面。全詞六句，顯示六個畫面，每個畫面描繪的是兩三種事物的組合，既完整又和諧，字句與字句融合無間。

3. 前後呼應：

i. 首句揭出「寒食天」，明點節令，末句以「雨濕秋千」作結。寫的是寒食之景，暗點節令，作一明一暗呼應。

ii. 樂景、哀景映照

首句「淡盪春光」與末句「黃昏疏雨」，一樂一哀，起了反比作用。

iii. 動景、靜態相輔

設想海燕來時的穿花拂水，春到「人鬥草」

的笑語喧嘩場面，與下句靜態「梅已過，柳生綿」的自然界無聲景象，相輔相成。

點評

全詞以白描手法寫少女眼中的事物，主觀春思幾乎不加顯露。用詞亦講究，「裊」、「隱」、「濕」等字皆生動而典雅，堪稱婉約詞的典範。

第九首

〈浣溪沙・小院閒窗春色深〉

小院閒窗春色深，重簾未捲影沉沉。倚樓無語理瑤琴。　遠岫出雲催薄暮，細風吹雨弄輕陰。梨花欲謝恐難禁。

寫作背景

本詞是李清照 24 歲之前所作，是一首惜春詞。寫春色已深，梨花欲謝，不勝惋惜。

內容賞析

上片：寫春深時，深閨寂寞，「重簾」不捲，或許窗內人不願看到窗外，小院春事將殘的景象。

「倚樓無語理瑤琴」：既以解悶，又以寄懷，默默無語之中，惟有把「瑤琴」(有玉類裝飾的琴)輕撥，細訴衷曲。

下片：「遠岫出雲」、「細風吹雨」兩句，描寫雲起而暮色將至，雨來而晚間寒意驟生。上句承陶潛：「雲無心以出岫」，悠悠浮雲愛其無心；下句「弄輕陰」，在風雨輕陰中用上「弄」字，屬擬人法，表現自然界變化，顯示春將歸去，陰晴不定，流露出惜春傷春的情緒。末句「梨花欲謝恐難禁」，對梨花凋謝，既是惋惜眷戀，又感無能為力，與晏殊的「無可奈何花落去」，同樣蘊藉，同是名句。不過李清照此句，更側重感情。故有謂：「欲謝難禁，淡語中致語。」(《草堂詩餘》)

作法特色

總結全詞佈局，巧妙緊扣。上片由「小院春色」、「重簾」暗影，以及「倚樓無語」組成。三個畫面正與下片「遠岫出雲」、「細風吹雨」，以及「梨花欲謝」呼應，睹物景之佈置，互相映照；又使得人與雨、梨花，形成鮮明對照。一個是默默忍受，無語理瑤琴；一個是快將凋謝，恐難忍受。然而，一切都在不言之中。正是非言語可及的動人之處。

第十首

〈一剪梅・紅藕香殘玉簟秋〉

紅藕香殘玉簟秋。輕解羅裳，獨上蘭舟。

雲中誰寄錦書來？雁字回時，月滿西樓。

花自飄零水自流，一種相思，兩處閒愁。

此情無計可消除，才下眉頭，卻上心頭。

寫作背景

本詞屬前期作品，是李清照 22 歲所作。背景為「新舊黨爭」，她被迫與丈夫分居異地，不能留在京師，要跟她的父親返回家鄉。這次的「夫妻分離」，並非單純的勞燕紛飛，背後還有政治因素。

內容賞析

詞的起首是豐富的鋪敘，「紅藕香殘玉簟秋」，看見有荷花（藕）、竹蓆（玉簟），大概就在自家花園之中。時值秋天，已有涼意，詞人對生活十分熱衷，所以獨自划舟。惟「獨上蘭舟」一個「獨」字，反映現在只有自己一人，因為若丈夫在身邊的話，定當兩人相伴。詞的鋪敘充滿變化，可以看到她從室內走到戶外，再從自家的花園走到水面的小舟之上，意象十分豐富，如同圖畫一般。「雲中誰寄錦書來？雁字回時，月滿西樓」，她抬頭看見天上的浮雲，在天空中看見「雁」—— 雁在古時具有書信往來的象徵，她便回想丈夫有否寄信給自己？行文至此仍是白天，下句「月滿西樓」便已是夜晚了。從中可以看到季節的變化，有感觀描寫，而且處於動態，現境可見、可聽。如「雁字回時」中，如何知道是雁呢？就是聽見叫聲，所以才會抬頭張望。雁群飛行的時候會排成行列，是一個景象；所謂「魚雁傳書」，都有傳音訊的含義。雁飛完之後，已經「月滿西樓」，亦即等了很久，十分惆悵。

作法特色

上片中的「獨上蘭舟」，與下片的「花」字呼應：「花」一般用來形容女子，而「花自飄零」便如同蘭舟上的自己；而「水自流」就是形容丈夫在外地。

「一種相思」何以會有「兩處閒愁」呢？就是指分隔兩地的自己與丈夫，而且詞人很有信心，相信自己想念對方的同時，對方定必也在想念自己。這一種情愁，她始終無法消除，「才下眉頭，卻上心頭」便表現出一種距離。此一設想也是相當精妙的：「眉」與「心」雖是很短的距離，但「眉」是別人可見的，「心」卻是自己感受的，即說自己決定不想再去想了，但思念仍在，一剎那間，立即在內心中湧現了。這就是她詞意的鮮明。

紅藕香殘玉簟秋，輕解羅裳，獨上蘭舟。雲中誰寄錦書來，雁字回時，月滿西樓。

花自飄零水自流，一種相思，兩處閒愁。此情無計可消除，才下眉頭，又上心頭

李清照 一剪梅 舒江

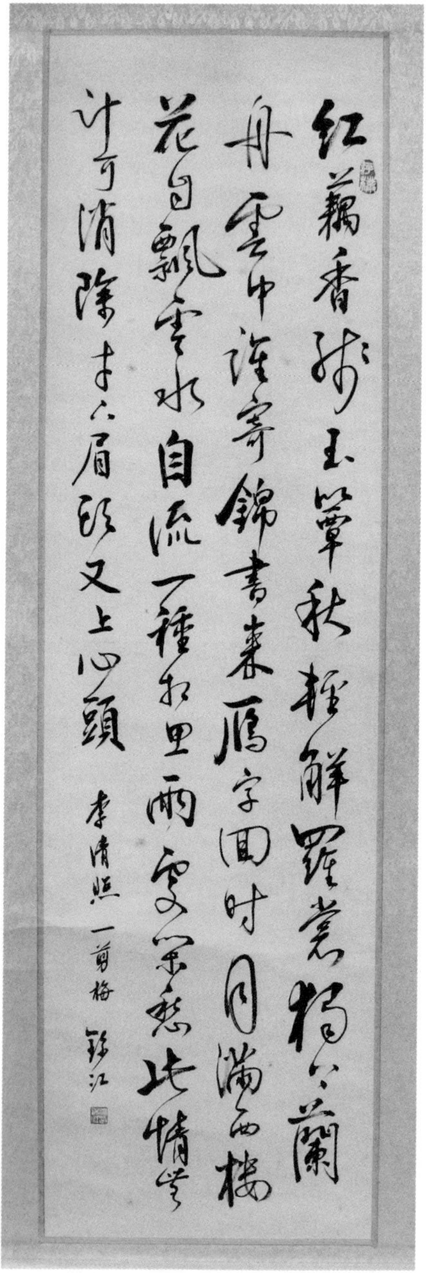

第十一首

〈醉花陰・薄霧濃雲愁永晝〉

薄霧濃雲愁永晝。瑞腦銷金獸。佳節又重陽，玉枕紗廚，半夜涼初透。　東籬把酒黃昏後，有暗香盈袖。莫道不銷魂，簾捲西風，人比黃花瘦。

寫作背景

李清照 18 歲結婚，19 歲卻遇朝廷變故，與丈夫分隔異地。所謂「每逢佳節倍思親」，到了重九，思念自然更加強烈。這首詞是夫妻分別之後，李清照寫給丈夫的信。

內容賞析

上片首句「薄霧濃雲愁永晝」是觸景生情，是一種鋪敘，這是她的詞風。先看很多有關的環境事物：窗外有「霧」有「雲」，而室內則有「瑞腦銷金獸」——「金獸」是金屬製的獸形香爐，「瑞腦」則是香薰，立時營造了氣氛。「佳節又重陽」用了「又」字，讓人聯想昔日佳節有丈夫相伴。但今年與以往不同，思念便更強烈了。「玉枕紗廚」，就是看見睡房中的瓷枕與蚊帳；「半夜涼初透」充分表達孤單寂寞的感覺。

本詞在鋪敘中，如同圖畫一般豐富，從戶外寫到室內，然後再把整件事情帶出，充滿變化。從客觀的環境，引起了愁思。第一句「薄霧濃雲愁永晝」就帶出內心世界，讓人能體會其心情，而且能看出其細緻的觀察，從而帶出感情，這就是文學家的能耐。

下片：「東籬把酒黃昏後」中，「東籬」讓人想起陶淵明的詩句「採菊東籬下」，也就是賞菊花、飲菊酒，擺脫了塵俗繁囂，投入田園生活，達到心境寧靜。「有暗香盈袖」則出自古詩十九首中「馨香盈懷袖，路遠莫致之」，天遙地遠、兩地相隔，只能借花兒表達懷念，暫時藏於袖中。至於「簾捲西風，人比黃花瘦」，不知丈夫有何體會？趙明誠看到，也想與妻子媲美，於是忘食忘寢三個日夜，得詞 50 首，並混入李清照的詞句，給朋友陸德夫品評。數日後，德夫回覆：「只三句絕佳。」便是「莫道不銷魂，簾捲西風，人比黃花瘦」。

作法特色

簾捲之際，何以想起西風？這是一種淒涼的感覺，情感表達恰到好處，必須用心欣賞，言有盡而意無窮，而丈夫收到時，會感到十分震憾。因西風而捲起的簾，有秋涼、秋風秋雨愁煞人等等秋意感覺，由於她的相思、獨居，加上丈夫不在身邊，故此十分憔悴，比菊花還要瘦削。

李清照的詞何以成為絕唱？就是因為她的深情，無限相思，耐人尋味。手法十分含蓄，毫不濫情，且前後呼應：如「愁」與「瘦」、「涼」與「簾捲西風」等，結構十分講究。李清照的前期作品，所謂「曲盡人意，姿態百出，餘韻綿綿，美不勝收」，這正是後人對她的點評。

第十二首

〈玉樓春·紅酥肯放瓊苞醉〉

紅酥肯放瓊苞醉，探着南枝開遍未。不知蘊藉幾多香，但見包藏無限意。　道人憔悴春窗底，悶損闌干愁不倚。要來小酌便來休，未必明朝風不起。

寫作背景

這是一首詠物詞。詠物寄懷，起源於《詩經》，強調因物興情，寓情於物。李清照寫下多首詠物詞，既繼承前人的成功經驗，更是刻意力求創新。從背景上看，此詞當作於宋徽宗前期，新舊黨爭反復無常之時。這年早春，詞人心情欠佳，精神憔悴，愁悶不堪，但對於自己手植的紅梅，卻不時來探望。

此詞非一般的詠梅詞，而是把梅花作為患難與共的朋友，向它傾吐內心隱衷。此詞的題旨，當是借關注紅梅未來的命運，寄寓自己因受新舊黨爭株連，從而自嘆身世。

內容賞析

上片首句以「紅酥」比擬梅之花瓣宛如紅色凝脂，以「瓊苞」形容花蕾晶瑩潔淨，使已開之花和欲放之花蕾相間枝頭，顯得錯落有致，描繪出紅梅外露的姿態美。

接着寫「探着南枝」是否全開的舉動，把賞梅人推入畫面，為詞的下片擔心梅的命運鋪墊。用「蘊藉」、「包藏」同義詞，發掘梅的內在本質。「幾多香」、「無限意」，寫梅花盛開後所發的幽香所呈的意態。

下片轉寫賞梅之人。首句「道人憔悴春窗

底，悶損闌干愁不倚」，「道人」是作者自稱，「憔悴」講李清照外貌；「春窗」和「闌干」交代客觀環境，「悶」、「愁」是內心情狀，顯現她當時困頓窗下，愁悶難耐，連闌干也懶倚，形成一幅春愁圖。「要來小酌便來休，未必明朝風不起」，結語兩句意思是：作者對紅梅說，要來飲酒（「小酌」）就快來呵（「快來休」，休：助語詞），說不定明早風暴一來，你我都要遭殃。關心即將來臨的狂風對梅的損害，表現愛梅、惜梅的深切感情，亦會隱含自憐自惜的成分。

此處將梅花個性化、擬人化並視之為知己，正是因為高潔的梅品與她超塵幽雅的情操兩相契合。可見此詠梅詞別具一格，有異於一般詠物詞。

作法特色

1. 詠梅下筆脫俗，追求創新：

此詞脫去一般詠梅蹊徑，沒有寫梅的傲寒風骨，而是攝取早春日麗下，嫩膩、晶瑩剛開之花和花蕾所內蘊的「香」與「意」，並深入梅的本質美。

2. 寓情於物，富審美情趣：

此詞不論對物象的攝取，物性的刻劃或抒發詞人情懷的寄寓，都是作者在特定環境中的審美情趣和典型感受。由上片寫梅的姿態美、探梅而發掘其本質美，到下片寫賞梅花至愛梅、惜梅，擔心其命運如自己一樣朝不保夕。作者所攝取物象與物性都與她的審美情趣有關。

名家點評

委婉含蓄，耐人尋味：

i. 孫崇恩《李清照詩詞選》:「全詞……思致巧成，使紅梅的形神美和女詞人的情意美，融為一體。」
ii. 劉瑜《李清照詞欣賞》:「結句『要來小酌便來休，未必明朝風不起』，明早風起，將很難看到梅花，故歸來飲酒賞梅，勢在必然。但究竟歸與不歸，令人騁想無極，乃有『似盡而未盡』之妙。餘韻繚繞，悠悠不絕。寄寓思夫之情。」
iii. 朱彝尊《靜志居詩話》謂此詞結尾二句「皆得此花之神」，能體現出梅的神韻，或有無盡的寄意。

第十三首

〈鳳凰台上憶吹簫‧香冷金猊〉

香冷金猊，被翻紅浪，起來慵自梳頭。任寶奩塵滿，日上簾鈎。生怕離懷別苦，多少事、欲說還休。新來瘦，非干病酒，不是悲秋。　休休，這回去也，千萬遍《陽關》，也則難留。念武陵人遠，煙鎖秦樓。惟有樓前流水，應念我、終日凝眸。凝眸處，從今又添，一段新愁。

寫作背景

此詞為趙、李二人於山東青州隱居十年後，趙明誠重返仕途，詞人與丈夫離別所寫。這是李清照離情詞中的名作。

內容賞析

本詞先寫自已慵散心情，次寫有心事要訴說，卻又無法說出。因此情感抑鬱，面容憔悴清瘦。最後能顧念她、為她帶來一點慰藉的，就只有樓前流水。此情此景，又添新愁。

詞的開端兩句「香冷金猊，被翻紅浪」，先寫周遭環境和器物：獅子形象的金屬香爐（「金猊」）、錦被、精美的首飾盒（「寶奩」）、簾鈎。但下文用了「冷」、「翻」、「慵」、「任」幾個字，把主觀感情融入景物中，心境躍然紙上。「生怕」猶言最怕，「欲說還休」半吞半吐。欲言又止的神態，適切地表現複雜心情。

上片不直接吐露胸臆，用側筆暗示。排除「病酒」、「悲秋」是「新來瘦」的原因，那麼消瘦的原因，自然是「離懷別苦」了。

下片用「休休」疊字加重語氣；「這回去也」三句，表明與丈夫分離已不只一次，即使唱千萬遍用以送別的《陽關曲》也挽留不住。以下用「念」字領起，「念武陵人遠，煙鎖秦樓」引用了

〈桃花源記〉的典故，説武陵漁人沿桃花溪泛舟遠去。

「秦樓」相傳是秦穆公女兒弄玉的鳳樓，她的丈夫便是善吹簫的蕭史。此處明示丈夫業已離家遠去，自己卻要孤獨地留在煙霧籠罩的妝樓裏。一個「鎖」字，寫出人去樓空的淒冷景象。一天到晚只有凝神遠眺，滿懷的愁苦、盼望與期待，惟有對「樓前流水」傾訴。

作法特色

全詞以含蓄曲折的文筆，抒寫細膩的感情。

1. **「新來瘦，非干病酒，不是悲秋」：**

宛轉曲折，然是妙絕。此句餘韻猶勝。到底「新來瘦」的原因是甚麼？留下讓讀者細味，更與結語「新愁」呼應。

2. **用典貼切、自然：**

運用送別之曲「陽關三疊」的意象，借代為離別之情；「武陵人遠」源自〈桃花源記〉，乃遠遊者之象徵。上述典故之旨意皆與離懷別苦相關。

「秦樓」本是蕭史與弄玉婚後所居之處，現今被煙霧籠罩，一片愁雲，暗示人去樓空。

3. **借景宣情，非寫人看照，而是寫景看人：**

「樓前流水，應念我、終日凝眸」，流水本無知無情，但詞人將其人格化，不明說自己如何痴情，卻說流水對自己憐惜有加，是詞人的知己。寄情於水，借水言情。樓前流水，寄託了詞人思君之情，甚至能理解「凝眸」人的苦心，正不斷增添「新愁」。全詞宛轉曲折，構思別致，仍是「用淺俗之語，發清新之思」。

第十四首

〈念奴嬌·蕭條庭院〉

蕭條庭院，又斜風細雨，重門須閉。寵柳嬌花寒食近，種種惱人天氣。險韻詩成，扶頭酒醒，別是閒滋味。征鴻過盡，萬千心事難寄。　樓上幾日春寒，簾垂四面，玉闌干慵倚。被冷香消新夢覺，不許愁人不起。清露晨流，新桐初引，多少遊春意。日高煙斂，更看今日晴未。

寫作背景

本詩為趙明誠往萊州出仕，李清照獨留於青州時作。

內容賞析

首二句寫環境、天氣、重門關閉，使人煩惱。「寵柳嬌花」的「寵」、「嬌」本用以指人，此處則指柳和花，與「綠肥紅瘦」同用擬人法，以增強柳、花的形象美。「險韻詩成」，寫人的感情變化，要作「險韻詩」、喝「扶頭酒」，方能藉此消磨時間，麻醉自己，尋求暫時的解脫。可是詩成酒醒，環境依舊，孤獨依舊。「征鴻過盡」，本可託書遠方，但是心事萬千，欲説還休，點出離情。

下片轉寫室內，渲染孤獨愁苦，表達離愁別緒，更懶得去倚闌遠望，因為遠行在外的人是望不到的。「被冷香消新夢覺，不許愁人不起」兩句，説明好夢難續，所以不得不起床；而且獨自躺在床上，離愁別恨更易湧上心頭。明代楊慎的《草堂詩餘》評此兩句：「情景兼至，名媛中自是第一。」

「清露晨流」三句，寫清晨，其時風雨已過，天色漸開，濃露漸散。新桐抽芽，一派清新氣象，令人神往，於是遊春去吧——但只是設想之辭。結句「日高煙斂，更看今日晴未」，說太陽已經升高了、煙消散了，還要看今天是否真的天晴。她是去遊春？還是依舊閉門枯坐？離愁別恨可有消減？一切留給讀者思索。

作法特色

1. **善鋪敘：**

寫環境、天氣、重門關閉，使人煩惱。唯有作詩飲酒，尋求精神上的解脫，不從正面寫離愁，而愁自可感。

2. **章法嚴謹：**

起處寫心情落寞，近寒食更是難遣。前段云「重門須閉」，後段云「不許不起」；起處「斜風細雨」與結句「日高煙斂」，前後呼應。

3. **「用淺俗之語，發清新之思」：**

彭孫遹《金粟詞話》，例：「被冷香消新夢覺，不許愁人不起。」「情景兼至，名媛中自是第一。」（楊慎《草堂詩餘》）。用語淺易、畫面豐富、感情深刻。

第十五首

〈點絳唇・閨思〉

寂寞深閨，柔腸一寸愁千縷。

惜春春去，幾點催花雨。

倚遍闌干，只是無情緒。

人何處，連天芳草，望斷歸來路。

寫作背景

本詞是李清照懷念離別的丈夫而作。寫作地點在山東青州，在寒食過後的季節。趙明誠與李清照的婚姻，門當戶對，二人志趣相投，婚後常在「歸來堂」猜書倒茶，共同校勘金石文字。花前月下，夫婦情深，故一旦丈夫離別，詞人便增添離愁別緒。

內容賞析

上片開首兩句，寫獨處深院的閨婦心情，以抒情入題，起句「寂寞深閨」，把離別相思的感受表達出來。接着以「柔腸一寸」與「愁」緒千縷相對舉，表明內心牽掛，愁眉深鎖，無法排遣思念之愁苦。「惜春春去，幾點催花雨」，轉為寫景，交代時令。「春去」猶如青春的消逝，心上人的離去，最容易引起詞人思緒。「催花雨」是春去花落的點滴細雨，富有情景交融的藝術感染力。

下片承上，由景及人。「倚遍欄杆」因沒有心情、人之不歸所招致；憑欄遠眺，茫茫無際，惟見連天的芳草，卻望不到愛人的踪影。

「人何處？」是對遠去丈夫的呼喚，「望斷歸來路」寫傷別，表露對愛情的真摯熱熾。

作法特色

1. **總結：**

本詞條理清楚，結構嚴整。上片由情及景，在抒情中寫景。下片在寫景中抒情。全篇情境融為一體。

2. **空間：**

由閨房轉到戶外，由深閨相思寫到憑欄遠眺，緊扣離別相思。首句寫「寂寞深閨」，結語「望斷歸來路」，寫盼歸來之情，前後照應。

3. **手法：**

白描。傷春、傷別，惜春、懷人，明白如話，語淺情深。

第十六首

〈蝶戀花・暖雨晴風初破凍〉

暖雨晴風初破凍，柳眼梅腮，已覺春心動。
酒意詩情誰與共，淚融殘粉花鈿重。　乍
試夾衫金縷縫，山枕斜欹，枕損釵頭鳳。
獨抱濃愁無好夢，夜闌猶剪燈花弄。

寫作背景

本詞是李清照早年為思念丈夫出外未歸之作。題作「離情」，當寫於趙明誠閒居故里十年後重新出仕、詞人獨自留居青州時，因此二人曾有過短暫的分別。這是早期的一首正宗婉約詞，清新淺易，寫她與丈夫離別後的懷春孤寂，落寞之感。

內容賞析

上片寫初春景物，首三句「暖雨」至「春心動」，繪景狀物，烘托環境氣氛，先放眼室外；春「風」化「雨」，和「暖」怡人，大地解「凍」，萬物復甦。嫩「柳」初長，如媚「眼」微開，艷「梅」開放，似香「腮」，這樣旖旎的春光，實在令人陶醉（「春心動」）。

這三句筆調輕快，流露春回大地的喜悅。作者觀察入微，善於聯想，「柳眼梅腮」一句，將生命和感情賦予自然景物，使形象顯得生動具體。

接着兩句，「酒意詩情誰與共？淚融殘粉花鈿重」。融情入景，面對大好春光，聯想到孤棲寂寞，這與往日和丈夫把玩金石、烹茗、煮「酒」、賞析「詩」文的溫馨氣氛，形成強烈反差。一句「誰與共」，道出內心的苦澀。緊接着寫「淚」水流淌，臉龐上的香「粉」為之消「融」，頭上的

「花鈿」彷彿比往日沉「重」。兩句全從自己着筆，寫孤獨感和憂傷。

下片刻劃具體的閨中寂寞生活和盼夫早歸的情態。過片三句，全是外表動作，「乍試夾衫金縷縫」，春到人間，天氣回暖，剛脱去冬裝，穿上金線縫成的夾衫，暗示有出門探春之意，實際上是故作姿態。下句「山枕斜欹，枕損釵頭鳳」，春裝初試卻足不出戶，只是整天斜靠在如山形的凹枕上，以致把精美的頭飾「釵頭鳳」壓壞了，可見心境鬱悶。

末兩句「獨抱濃愁無好夢，夜闌猶剪燈花弄」，愁思纏繞，寡歡，生怕入睡後也不會有好夢，倒不如坐到天明。夜深了，還獨自守在燈前，不停地剪弄燈芯，希望能看到燈芯結出好預兆來。畫面含意豐富，表達作者對丈夫無限思念。

作法特色

1. 寫景獨到，以樂景補哀景：

上片先渲染冬去春來，雨暖風晴，柳萌芽梅綻開的怡人景色。接着寫面對大好春光，卻因為沒有愛人陪伴，無心觀賞，只得獨自傷心流淚。

下片詞人穿上春裝，在「暖雨晴風」天氣裏，有意出遊，卻因心情鬱悶，無精打采地斜靠在高「枕」上，任憑頭飾被壓「損」。

2. **用字正確，濃縮醇化：**

i.「破」凍：寫大地回暖，有動感。

ii. 柳「眼」梅「腮」；用擬人字寫柳和梅，清新淺易。

iii. 獨「抱」濃愁：愁本無形，用獨「抱」一詞，此情更是難堪。

iv.「猶」剪：夜靜仍然不停「剪」弄燈芯，「猶」字寫活了詞人百無聊賴的情態。

3. **融情入景：**

「酒意詩情誰與共？淚融殘粉花鈿重」，良辰美景無人一起飲酒賦詩，臉上淚水融合着殘存脂粉，頭上花鈿也覺得沉重多了，表達寂寞憂愁。「山枕斜欹，枕損釵頭鳳」，畫面呈現百無聊賴，整日斜靠檀枕，致使雲鬢蓬鬆，頭釵被損。一副無精打采，任由春光白白消逝，從中可感知詞人的心理活動。

4. **描摹情態，含蓄傳神：**

結尾兩句「獨抱濃愁無好夢，夜闌猶剪燈花弄」。畫面豐富，描摹生動，詞意含蓄，「堪稱入神之句」（賀賞評）。

第十七首

〈臨江仙・庭院深深深幾許〉

庭院深深深幾許，雲窗霧閣常扃。柳梢梅萼漸分明，春歸秣陵樹，人老建康城。　感月吟風多少事，如今老去無成。誰憐憔悴更凋零，試燈無意思。踏雪沒心情。

寫作背景

本詞作於宋高宗建炎二年（1128），李清照時年 44 歲，避難建康。

內容賞析

上片寫春歸大地，詞人閉門幽居，思念親人。首句援引歐陽修〈蝶戀花〉詞句，連用三個「深」字，前兩個「深」字為形容詞，形容庭院之深；後一個「深」字為動詞，作疑問句，加重語氣，強調庭院的深邃。下句續言其高聳，雲霧繚繞着樓閣，而門窗常常緊閉，則是自我幽閉閣中，不願步出門外。

第三句寫大地回春，柳梢吐綠，梅萼泛青，着一「漸」字，為點睛之筆。可見詞人對大自然的細微變化，極為敏感。「柳梢梅萼」，寫景如畫，淡墨勾線。結二句，「春歸」、「人老」皆時間概念；「秣陵樹」、「建康城」，屬空間概念。秣陵、建康為同地異名，今江蘇南京。上句寫春歸，是目之所見；下句寫人老，是心之所感。從前初春來臨聯想起人的青春消逝。

下片追憶往昔，對比眼前，心灰意冷。「感月吟風多少事？如今老去無成」，以詞人之文學修養，以春花秋菊為題材，吟風弄月寫過不少好詞。「多少事」強調語氣，表示很多，記也記不清。可是如今老去，一事無成。至此詞人情緒激動，不禁呼出「誰憐憔悴更飄零」，表明詞人憔悴瘦損，流落江南，身處異鄉，無人可訴，而「更」字，道出心境日漸悲淒。

結末二句「試燈無意思。踏雪沒心情」，並非寫實，而是舉出她一生中最感興趣的兩事件：試燈（宋人元宵節前的盛事）和踏雪尋詩。可如今卻認為「無意思」、「沒心情」。

作法特色

這首〈臨江仙〉是李清照南渡以後的第一首能準確編年的詞作。「靖康恥，猶未雪」，國破家亡，宋君臣苟且偷安，撫今追昔。本詞以口語化入詞，明白曉暢，例如：「人老健康城」，又能準確刻劃詞人當時的心理狀態。「如今老去無成」、「誰憐憔悴更飄零」，今昔對比，給人留下深刻的感受。

第十八首

〈訴衷情・夜來沉醉卸妝遲〉

夜來沉醉卸妝遲，梅萼插殘枝。酒醒熏破春睡，夢遠不成歸。　人悄悄，月依依，翠簾垂。更挼殘梅，更捻餘香，更得些時。

寫作背景

這首詠梅詞，大概是作者南渡後，為抒發去國懷鄉之情而作，面對國土淪亡之悲，離鄉別井之痛，乃寫下大量詞宣洩，其中詠物詞達十多首，以詠梅花佔大多數。

內容賞析

本詞並沒有把筆墨集中在寫梅的姿容及特質，而是緣梅抒情，以殘梅的幽香為引線，串聯全篇。

上片寫「沉醉」、「酒醒」後的情態。「夜來」點明飲酒時間，由於酒醉深，以至「卸妝」晚，鬢上「梅花」只剩「殘枝」，強調「沉醉」、暗藏懷鄉之情。無以排遣，只有借酒來麻醉自己。「故鄉何處是，忘了除非醉」(〈菩薩蠻〉)，有異曲同工之意思。

酒意漸消，春睡時被梅花「薰破」(被香氣薰醒)，「夢遠」是夢中返回遙遠的故鄉；「不成歸」是指梅香驚夢，夢沒有做完就醒了。夢斷給人留下回味不已，借助夢境得精神上的暫時慰藉。

下片寫詞人在孤寂環境中，思念故土的情態，「人悄悄，月依依，翠簾垂」，寫獨自一人，皓月移動，眾人已就寢，氣氛寧靜，而自己卻被離鄉亡國的愁苦纏繞，再也無法入睡，只有拿起殘梅不停地「挼」着。花瓣挼碎了，還不停地「撚餘香」，撚了很長時間，表現詞人複雜的愁緒。

作法特色

1.　詠梅創新

一般詩詞詠梅，多是寫梅於嚴冬怒開、傲立枝頭，或對殘梅的詠嘆。本詞上片寫詞人醉眠後，殘梅幽香對她所發生的作用。「薰破」二字，通過嗅覺強調梅香的濃烈，春睡被驚醒。此外，亦沒有側重寫梅的外形，花瓣，樹葉等，而是因物興懷、緣梅抒情，選取新角度詠梅。

2.　寓情於景

下片描繪寂靜的環境「人悄悄，月依依」，用對偶句顯示夜深人靜，「翠簾垂」客觀描寫，增加靜謐，一個「垂」字，強調夜的深沉。一幅清淡的月夜圖，烘托出詞人孤單清冷的內心世界，達到情景交融。

3.　形神活現

結語三句「更挼殘梅，更撚餘香，更得些時」，用排比句，增強感染力，亦能細膩地描寫詞人種種含蓄的動作。不停地挼着梅瓣，栩栩如生，成功地刻劃出複雜曲折的心理和神態。

第十九首

〈鷓鴣天・寒日蕭蕭上瑣窗〉

寒日蕭蕭上鎖窗，梧桐應恨夜來霜。酒闌更喜團茶苦，夢斷偏宜瑞腦香。　秋已盡，日猶長。仲宣懷遠更淒涼。不如隨分樽前醉，莫負東籬菊蕊黃。

寫作背景

此詞寫於建炎二年秋（1128），宋室南渡，是時趙明誠任江寧知府。詞中既有家國之念，亦隱含身世之嘆——不是和平環境中多愁善感的吟詠，而是社會亂離中飄零的感遇。

內容賞析

上片首二句，寫深秋時節清晨的情景。

「寒日」：指秋天的陽光帶着淒清的寒意。

「蕭蕭」：一般用來形容風雨，這裏陽光給人的感覺，如同蕭瑟的秋風一樣，有些淒冷。

「上鎖窗」：陽光照射到有圖案雕刻的窗子上，移動過程緩慢。

庭中的「梧桐」，經了一「夜」的秋「霜」，顯出一副含「恨」的樣子。梧桐在深秋凋零葉落是客觀存在現象，作者把它寫成有愛有恨的有情物。「酒闌」、「夢斷」兩句，如實地敘述她在秋晨的生活和心境，酒喝盡時，喜歡團茶（今之茶餅）苦味；夢醒時分，感覺「瑞腦」（香料名）的清香分外怡人。

下片講述「秋」天「已」到了「盡」頭，白晝仍然（「猶」）很「長」，可是感覺遠比當年登樓懷鄉的王「仲宣」，更加淒涼。此處借王粲（仲宣）自喻。

王粲字仲宣，東漢山東人，以詩賦見稱，建安七子之一。生逢亂世，屢遭流離，作〈登樓賦〉抒發思念故鄉的心情。李清照也是山東人，早期已享譽詞壇，不幸在靖康之難，北宋淪亡，她也背井離鄉，流落江南，用王粲自比，可謂異代同心。

結語二句，轉寫詞人終於以豁達的思想解脱淒涼傷感的情緒，「不如隨分樽前醉，莫負東籬菊蕊黃」，趁着東籬黃菊盛開，不如把酒臨風，欣賞這傲寒菊花，隨遇而安（「隨分」）。

作法特色

總結全首詞，音律圓潤，給人以一氣呵成的感受。詞的上下片開首，都是抒寫深秋淒清情景，跟着都能自然解開愁情。上片以「苦」而「喜」、「香」正「宜」，用「更」、「偏」二字強調，愁苦中聊以自慰。

下片結語展現陶潛「東籬」把酒賞菊的情景，富有象徵意味，隱含女詞人暮年飄泊異鄉，依然堅韌不拔的精神面貌。這來自她對人生的真切領悟。正如有詞學家稱：「易安倜儻有丈夫氣。」實有助於我們全面認識李清照詞的藝術風格。

第二十首

〈菩薩蠻・歸鴻聲斷殘雲碧〉

歸鴻聲斷殘雲碧，背窗雪落爐煙直。燭底鳳釵明，釵頭人勝輕。　角聲催曉漏，曙色回牛斗。春意看花難，西風留舊寒。

寫作背景

本詞寫作者南渡後，在異鄉度過「人日」（正月初七日）的景況（「人日」又稱「人勝日」）。

內容賞析

上片「歸鴻聲斷殘雲碧」，描繪北歸的大雁遠去，再也聽不到牠們的鳴叫聲音。稀薄的雲間露出天色（「殘雲碧」）。「背窗雪落爐煙直」，身後的窗外落着雪，爐煙直直升起。燭光下的鳳釵閃着亮光，鬢辮所戴「人勝」（人日時剪綵為花或鏤金箔成人形的髮飾），輕盈擺動。

下片「角聲催曉漏」，以遠處的號角聲催開了晨暮，銅漏也表明已到破曉時分（「漏」：古代計時用的器具）。「曙色回牛斗」，曙光從牛斗之間顯露出來（「牛斗」：古星名）。詞人此時想去踏春賞花，可是西風還在吹送冬日的餘寒，這樣的天氣，要去看花，恐怕是不可能了（「看花困難」）。

詞人在靖康之難後，一直遠離家鄉，流落南方。中原淪喪，親人亡故，國破家亡，遭逢不幸，舉目有河山之異，身世之悲。此刻的鴻雁叫聲，觸動她思鄉懷人之情；而遠處的號角聲，催開了晨幕。作者從夢中醒來，但覺西風勁吹，春寒料峭，百花不發，寒意籠罩大地，自然聯想到國事和自身遭遇，心情沉重。

作法特色

全詞寫的是日常生活的一個片段，但那環境，那氣氛，那心情，耐人尋味。

上片寫景：兩組物景，互相映襯。「天上」歸鴻與「窗下」爐煙，一上一下，一遠一近，為人日展現特殊環境。「燭底鳳釵」與「釵頭人勝」，一個色彩鮮「明」，一個造型「輕巧，皆人日之特有物景。

下片敘事：「號角催曉漏」，隨着時間推移，「牛斗」出現曙色，黎明已到來。春天已到，可是舊寒未清除，出門探花，提不起精神。一「留」，一「難」，隱藏詞人的情思。暗喻宋室南渡以後，偏安不振的局面。雖已有「春意」，但覺「看花難」，「西風」又帶來「舊寒」，隱含時局之危急。

第二十一首

〈青玉案・征鞍不見邯鄲路〉

征鞍不見邯鄲路，莫便匆匆歸去。秋正蕭條何以度？明窗小酌。暗燈清話，最好留連處。　相逢各自傷遲暮，猶把新詞誦奇句。鹽絮家風人所許。如今憔悴，但餘雙淚一似黃梅雨。

寫作背景

這是一首送別詞，寫於南宋高宗建炎二年（1128）。有學者認為本詞是李清照送別其弟李迒之作。

內容賞析

上片記事，寫送別景況，「征鞍不見邯鄲路」，指此行路途遙遠，騎馬遠行的人，不要這樣急於上路。秋意寂寥，一片「蕭條」景象，應如何度過？在明亮窗前飲酒賦詩，在昏暗柔和燈光下，談古說今，最令人留連忘返。

南宋高宗時，北方已為金人所佔。邯鄲地處今河北省，此處以「邯鄲路」喻路途遙遠，勸準備遠行的親人，不要急於上路，言外之意，即要挽留遠行者，再盤桓數日。「莫便匆匆歸去」，「莫便」二字飽含挽留之情。「秋正蕭條」是送別時的實際景象；「明窗小酌，暗燈清話」，表示留的願望。

下片抒寫離別情，「相逢各自傷遲暮」是寫雙方感慨衰老，各取出所作的詩詞，吟誦奇句。這個愛好詩文的家庭，一向為人所讚許，如今大家都容顏憔悴；離別在即，不禁滴下兩行清淚，恰似綿密輕細的黃梅雨。

「相逢各自傷遲暮」，可見許久未曾見面，致有人生遲暮之嘆。「猶把新詞誦奇句」、「鹽絮家風人所許」。説及「家風」，希望對方多停留片刻；「誦奇句」，體現「鹽絮家風」，一起。雖然曾經擁有的共同經歷，或者自小就擁有的共同興趣，吟詩作句，都無法令親人留下來，致有「但餘雙淚一似黃梅雨。」的出現。

看起來，此番送別，似乎不尋常，恐怕後會難期。流露真摯的姐弟之情。

鹽絮家風：即詩書傳統。劉義慶《世説新語》：「謝太傅寒雪日內集，與兒女講論文義，俄而雪驟，公欣然曰：『白雪紛紛何所似？』兄子胡兒曰：『撒鹽空中差可擬。』兄女曰：『未若柳絮因風起。』公大笑樂。」引「鹽絮」二字，藉指家有優秀文化傳統。

黃梅雨：江南每至夏初，梅子黃熟時，陰雨連綿，稱為「黃梅雨」。

作法特色

這首送別詞，上片寫「行者」要「匆匆歸去」，「送別者」提出「明窗小酌，暗燈清話，最好流連處」，可見不忍就此相別。一個要歸去，一個要挽留，鮮明對比。

下片說到暮年相逢：感慨歲月無情，使人日漸憔悴，加上時局動盪，今日一別，相逢無期，不禁悄然淚下。「一似黃梅雨」，妙用誇飾法，可謂傳神之筆。

第二十二首

〈漁家傲・記夢〉

天接雲濤連曉霧，星河欲轉千帆舞。彷彿夢魂歸帝所，聞天語，殷勤問我歸何處。　我報路長嗟日暮，學詩謾有驚人句。九萬里風鵬正舉，風休住，蓬舟吹取三山去。

寫作背景

本詞是李清照在宋室南渡時，僱船入海，記夢之作。

這是一首很奇特的作品，梁啟超亦曾評價：「此絕似蘇辛派，不類《漱玉集》中語。」其間的豪放不但在於作品風格，而且在於思想傾向，全詞充滿浪漫色彩。

內容賞析

上片起筆直賦夢境仙界，「雲濤曉霧」，是黎明拂曉之際，雲濤翻滾，晨霧迷空，天地一片茫茫，忽又雲開霧散；「星河」燦爛，宛若「千帆飛舞」其中。將天上人間連成一片，敘夢中情事，抵達帝所、與天帝對話。「殷勤」表示天帝對她有好感，向她發出親切的詢問：「欲歸何處？」此問激起詞人心底層層波瀾。

下片以「我報」二字領起，抒發豪情。「路長嗟日暮」，用《離騷》意思，「路漫漫其修遠」、「日忽忽其將暮」，意謂人生之路漫長，夕陽西下，喻人至暮年。又自言詩「有驚人句」，有自豪之意，但冠以「謾有（意即空有），又見否定。言外之意，有了驚人的詩句，又能怎樣？

可是，詞人並未消沉。「九萬里風鵬正舉」，振起全詞精神。大鵬展翅，志在萬里，借此抒發自己的豪情壯志。承之以「風休住，蓬舟吹取三山去」，詞人要超脱紅塵，駕一葉扁舟，乘長風，破萬里浪，飛向象徵自由快樂的三座仙島（蓬萊、濠洲、方丈）。

這亦是詞人索求的精神境界，帶有虛幻縹緲的色彩、意境闊大，想像豐富。

作法特色

本詞為篇幅短小的令詞，但表達精湛，富有詩意，藝術構思上，匠心獨運。全詞以記夢游仙為線索，鋪敘在仙境的所見所聞，通過仙凡對話來抒情述志，有力地展現題旨。繁星閃爍，揚帆疾飛，將詞人「夢魂」送到「帝所」，也為下片風吹「蓬舟」向「三山」伏筆，首尾呼應。

其次，詞人善於化用前人詩文，以增強詞作的廣度和深度，用得靈活多變，如「路長」、「日暮」脱胎於〈離騷〉;「驚人句」本自杜甫詩「語不驚人死不休」;「九萬里風鵬正舉」，源自莊子〈逍遙遊〉「鵬之徙於南冥也，水擊三千里，摶扶搖而上者九萬里」，借用形象，以喻騰飛之志。詞人翻舊典出新意，境界之高，詞中罕見。

第二十三首

〈菩薩蠻・風柔日薄春猶早〉

風柔日薄春猶早，夾衫乍着心情好。睡起覺微寒，梅花鬢上殘。　故鄉何處是？忘了除非醉。沉水臥時燒，香消酒未消。

寫作背景

這是李清照南渡後，思鄉之作。北宋滅亡，金人南侵，故鄉被金兵佔領，自己在南方過着逃難生活，內心積壓着國破家亡的苦楚。為傾吐深重的故國之思和懷鄉之情，寫下此詞。

內容賞析

上片「風柔日薄春猶早」：由景及情，點明初春時令，和暖春風吹拂大地，和煦陽光，普照人間。「夾衫乍着心情好」：剛剛換上輕便合身的夾衫，心情舒暢。一覺醒來，感到一絲侵入的寒意，而插在鬢髮上的梅花已凋殘。以「寒」字和「殘」字，透露出心境的憂愁。

下片起頭「故鄉何處是？」提出問題，意指故鄉的一草一木，怎能忘懷？回答是「忘了除非醉」，望不見故鄉的愁苦心情，只有借「醉」排遣，抒發思鄉情意。

結語寫詞人臨睡時點燃起濃郁的沉香（「沉水臥時燒」），可惜「香消酒未消」。久睡後沉香已燒盡，但宿醉尚未消失。意味作者「但願長醉不願醒」，因為只有在沉醉中才能緩解亡國之痛。

作法特色

1.　**融情入景：**

詞人欲訴說哀愁淒苦的思鄉情緒，通過情景交融將日常生活畫面用尋常的口語道出，寫天氣、寫裝扮、寫心情，更易引起共鳴，深深地吸引讀者。

2.　**前後反襯：**

上片情感一路平穩而沖淡，寫初春景色及詞人的感受，為下片抒發思鄉的悲情作反襯。上片乍着夾衫的好心情，到了下片便一跳跳到思念故鄉的愁緒來。

3.　**委婉含蓄：**

下片的「故鄉何處是？忘了除非醉」兩句，平白如話，卻極度深刻沉痛。故鄉遙遠難歸，思鄉之情把人折磨得無法忍受，只有借醉酒把這種苦痛短暫忘卻。可是酒醒時仍時刻思念，想忘偏又記起，精神極度痛苦。

結語「沉水臥時燒，香消酒未消」，含意豐富，耐人尋味。沉水香消，表明入睡時間長，酣睡醒來，宿醉尚未消失，足見詞人前一晚飲酒甚多。鄉情比酒更為濃烈，也比香氣更為持久，委婉地揭示女詞人內心的不安和強烈的思鄉愁緒。

第二十四首

〈南歌子‧天上星河轉〉

天上星河轉，人間簾幕垂。涼生枕簟淚痕滋，起解羅衣聊問夜何其。　翠貼蓮蓬小，金銷藕葉稀。舊時天氣舊時衣，只有情懷不似舊家時。

寫作背景

本詞是南宋時期作品，當時趙明誠病卒後不久所作。詞中每一句都與夫婦間的事情有關，是一首悼亡詞。作者通過這首詞將思念亡夫的「情懷」，寄託在一件繡着「蓮蓬」、「藕葉」的「羅衣」上，深情動人。

內容賞析

上片自述秋夜傷懷，難以成眠。由景及事，以對句作景引起。第一、二句「天上星河轉」，寫銀河轉動，說明時間流逝，「人間簾幕垂」，家家戶戶垂下帷幕，靜悄地入睡了，而自己卻未能入夢。以「天上」、「人間」對舉，有人天遠隔的含義。雖是尋常言語，但非尋常景象，深情熔鑄其中。第三句「涼生枕簟淚痕滋」寫詞人在室內枕上遙望星河橫斜的夜空，想着離她而去往「天上」的丈夫，不禁淚流傷感，沾濕枕頭和竹蓆（「簟」）。「涼」字既點出是秋夜時令，亦帶有心理成分，表現孤單淒涼。

「起解羅衣」句，顯現詞人只是和衣躺下，直至夜深蓆（「簟」）涼，起來解衣「聊問」，姑且問「夜已到了甚麼時候」（「夜何其」）。寫出寂寥苦悶，慵懶無趣的狀態。

下片睹物興懷，緊接上片「起解羅衣」句，

生出一番思緒。「翠貼蓮蓬小，金銷藕葉稀」：羅衣上有以翠羽貼成蓮蓬的花樣，以及用金線嵌繡的蓮葉紋。但因多年穿用，金線已經磨損，鮮艷的花紋已經褪色，所繡製的蓮蓬和荷葉也變得小而稀疏。此處暗用諧音手法，「蓮」諧音「憐」，以「藕」諧音「偶」，表達所引起的感觸。「小」字、「稀」字進一步暗示喪偶成寡，自憐弱小的處境。

結語「舊時天氣舊時衣」包含許多內容，許多感情。秋涼天氣如舊、金翠羅衣如舊，穿這羅衣的也是舊人，只有人的「情懷」不似舊時。詞人回憶與丈夫在一起的某一特定時間，想當初夫妻恩愛，心情何等歡暢，與今日伶仃孤苦的低落情緒相比，有天壤之別。

作法特色

1. 用對偶句，諧美自然：

上下片、頭兩句，均為對偶句式。

上片「天上星河轉，人間簾幕垂」：「天上」、「人間」對舉；

下片「翠貼蓮蓬小，金銷藕葉稀」：「蓮蓬小」對舉「藕葉稀」，含意隱曲。

2. 以尋常語入詞，字句精巧：

例：「天上」、「人間」，有「人天遠隔」之意；

「舊時天氣舊時衣」，包含許多情意。全詞字淺，含意深。

3. **情致宛轉，感人至深：**

此詞述夫妻死別之悲愴，但字面平靜無波，然構思縝密。先寫「天上星河轉」至「起解羅衣」，字面寫景，為下文抒情句伏筆。最後道出天氣依舊，衣服依舊，只有情懷不同，揭出中心意思。

全詞看似平淡，將詞人的心思娓娓道來，不驚不怒，卻感人至深，足以代表李清照詞的婉約風格。

第二十五首

〈憶秦娥・臨高閣〉

臨高閣，亂山平野煙光薄。煙光薄。棲鴉歸後，暮天聞角。　斷香殘酒情懷惡，西風催襯梧桐落。梧桐落。又還秋色，又還寂寞。

寫作背景

〈憶秦娥〉是著名詞牌之一，相傳為李白所創。

李清照這首詞是丈夫趙明誠病卒後之作，相信是悼亡夫之詞。此詞有或題作詠桐，只是「見物不見人」的誤解。此處的「梧桐」是作為「人」，是趙明誠的象徵。在《漱玉詞》中，丈夫的生存狀態，往往從梧桐意象的含義中體現出來。本詞「梧桐落」一句，直指喪夫（因為在古典詩詞中，以「桐死」、「桐落」指妻亡或夫喪）。

宋室南渡後，詞人遭到家破夫亡，文物遺失，淪落異鄉，目睹山河破碎，人民離散，乃登臨高閣，融情於景，悼念親人，表達自己的孤獨與幽怨。

內容賞析

上片寫景，起筆「亂山平野煙光薄」，點明詞人登高閣，遠眺起伏相疊的群山、平坦廣闊的原野，籠罩着薄薄的煙霧。煙霧之中又滲透着落日餘暉。疊句「煙光薄」渲染荒涼蕭瑟景色，烘托作者心境。透過聽覺描寫：「棲鴉」、「聞角」，淒苦的鴉聲、悲壯的角聲，強化自然景色的淒曠、悲涼。融注着作者當時流離失所，無限憂傷之情。

下片寫情，「情懷惡」三字直接表達抑鬱孤寂心情，貫穿全篇。「斷香殘酒」四字，暗示詞人溫馨的往日，雖曾燃香獨酌，而今卻香已斷、酒已殘，一個「惡」字道出愁苦心情。

西風催襯（催促）梧桐葉落，此處用疊句進行環境烘托，把感情推向高峰。最後以「又還秋色，又還寂寞」作結，表明她失去親人，離鄉的寂寞心情。

作法特色

1. 時間與空間合寫：

首句「臨高閣，亂山平野煙光薄」，寫登臨高閣，極目遠眺，展現空間遼遠迷茫。時間方面則借「薄」字點出薄暮時分，時已近黃昏 —— 既狀景，又點時。

2. 融情於景（有我之境）：

王國維《人間詞語》把景物描寫分為「無我之境」和「有我之境」。前者情感由外物觸發，即觸景生情；後者所抒發的情懷是作者在觸景前內心已具備了，是融情於景。「亂山平野煙光薄」一句，即屬「有我之境」。詞人滿腹心事，登臨極目，一望無際的「平野」前面卻是「亂山」。遠望的視線被遠山遮擋，使人心煩意亂。視覺景物與感情的煩亂，融為一體。由於詞人主觀上本有悲涼之意，因此臨高閣所見景物亦塗上悲涼色彩，包括視覺意象如煩躁的「棲鴉」，淒厲的號角聲等，都藏有詞人的主觀情感，致使「情懷惡」。

3.　**用反復句式、重複的畫面，承上啟下：**

「煙光薄」句及「梧桐落」句，均是反復句式。詞人借用以上重複的畫面，使景物更富濃厚的感情色彩。結構上是緊扣前句，展開下句。

4.　**結語八字，情思繚繞，幽思難絕：**

「又還秋色，又還寂寞」，寫詞人長期積鬱的孤獨之感、亡國亡家之痛。複雜難言的心情，通過淡淡八個字，含蓄地表現出來，餘音未止。

第二十六首

〈武陵春·風住塵香花已盡〉

風住塵香花已盡，日晚倦梳頭。物是人非事事休，欲語淚先流。　聞說雙溪春尚好，也擬泛輕舟。只恐雙溪舴艋舟，載不動許多愁。

詩歌朗誦

寫作背景

本詞是李清照後期作品。北宋滅亡、宋室南渡，詞人跟丈夫一起逃難，一心想保護多年搜集得來的文物，結果仍然不斷散失。之後丈夫離世，而詞人寫這首詞時已經 52 歲，由於國破家亡、喪夫、文物散失，加上老病，流落異鄉種種遭遇，所以詞情極為悲苦。

內容賞析

此詞寫雙溪晚春。「風住塵香花已盡」，有風、有塵、有花，是視覺描寫；「倦梳頭」，就是拿着梳子慵懶地坐着，卻沒有梳頭的雅致。這是一個動態描寫，表達出厭倦之情。由於飽受戰亂，流離異鄉，加上趙明誠的病逝，令詞人更感飄零孤寂，這正是她所言的「物是人非」。欲訴無人，惟有借助兩行熱淚傾瀉哀愁，「欲語淚先流」。

下片筆鋒一轉，寫「聞說雙溪春尚好，也擬泛輕舟」，就是想前往當地風景名勝區散心，以解脫自己的鬱結。下句「只恐雙溪舴艋舟」，這裏的「只恐」與前句的「聞說」，都是一剎那間，很想解脫之心，而作了一片虛擬之景，一場虛擬之行。她很想去，但沒有去：想起少女時的自己多開心，想起丈夫在時相處得多寫意。但現在已「物是人非」，情緒十分深沉。「只恐雙溪舴艋舟，載不動許多愁」，舴艋舟是很小的船，承載不了她的愁。由此可見，李清照心中的愁，不是閒愁，不是離愁，而是國愁、家愁、情愁（丈夫去世），所以顯得更加沉重。

作法特色

1. **用字淺顯簡單：**

概括力強，婉約而率真。例如「物是人非事事休」，將國難時艱、飄泊孤單、紅顏遲暮、家破夫亡之痛，囊括其中。「欲語淚先流」，這是人在悲痛極端時，想傾訴的自然舉動，表達了詞人悲愁之極的情狀。

2. **抽象的情思具體化：**

化無形為有形，如：結句「舴艋舟」、「載不動，許多愁」。李後主寫「愁」：「問君能有幾多愁？恰似一江春水向東流。」在李後主的眼中，「愁」是有數量的。然而李清照如何寫？她筆下的「愁」並沒有「數量」，而是「載不動」的，亦即「重量」。當「愁」有了重量，就更能真切形象地感受詞人的淒涼心境。

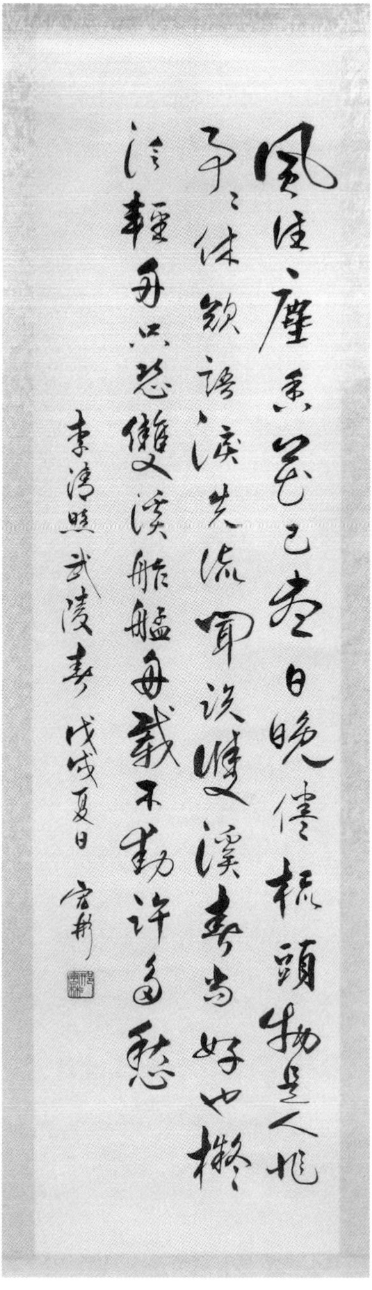
風住塵香花已盡日晚倦梳頭物是人非
事事休欲語淚先流聞說雙溪春尚好也擬
泛輕舟只恐雙溪舴艋舟載不動許多愁
李清照武陵春　戊戌夏日

第二十七首

〈孤雁兒・藤床紙帳朝眠起〉(並序)

世人作梅詞，下筆便俗。予試作一篇，乃知前言不妄耳。

藤床紙帳朝眠起，說不盡無佳思。沉香斷續玉爐寒，伴我情懷如水。笛聲三弄，梅心驚破，多少春情意。　小風疏雨蕭蕭地，又催下千行淚。吹簫人去玉樓空，腸斷與誰同倚。一枝折得，人間天上，沒個人堪寄。

寫作背景

此詞寫於李清照晚年，借詠梅悼念亡夫趙明誠。是一首詠梅詞，也是一首悼亡詞。

引詞的小序，自謂詠梅詞很容易落入俗套。其實此詞非凡脫俗，是經過改造創新而成的一首悼亡詞。全詞以梅為線索：相思之情，被梅笛挑起，被梅心（指梅花蓓蕾）驚動；又因折梅無人共賞，無人堪寄，陰陽相隔（「人間天上」），引起無盡幽恨。

內容賞析

上片開門見山傾訴寡居之苦。「藤床紙帳」，詞人先從閨中常見事物寫起，並直入內心世界：躺在竹藤造的床、藺紙製成的帳裏，早上醒來心情鬱悶。只見玉爐中的沉香早已熄滅，無心再續。「伴我情懷如水」，作者的情懷漠然如死水，只能和冰冷的玉爐為伴。這時突然傳來悠揚連綿的笛聲（「笛聲三弄」），曲目是《梅花三弄》，導引她注意到室外梅花開放了，庭院中春意盎然。

下片透過聽覺抒發情緒。「蕭蕭」是微風細雨聲音，相信夜間已把梅花滋潤，卻沒有改變作者心情，反被「催下千行淚」，更加傷感。這種感情變化的契機，在見梅花的開放，令她更加思念丈夫，所以悲痛落淚。

「吹簫人去玉樓空」，引用《列仙傳》中蕭史的典故。相傳蕭史善吹簫，秦穆公以女兒弄玉許配他。蕭史每天與弄玉吹簫，聲似鳳鳴，秦穆公後建鳳凰台，予夫婦二人居住。數年後，二人偕隨鳳凰飛去。李清照以「吹簫人」比擬趙明誠，「人去玉樓空」，喻趙明誠之死。丈夫死後，又有誰人可與自己觀賞盛開的梅花？作者這時折得一枝梅花，欲寄贈情人，但因泉路相隔，故云：「人間天上，沒個人堪寄。」

作法特色

1. **詠梅不滯於物：**

作者努力擺脱一般詠物詞的寫法，不在描寫梅花形像下功夫，不着力刻劃梅花姿態，而是抒發被梅花引起的情思。絕對是一首不滯於物的詠梅詞。

2. **含悼亡不落俗套：**

作者創新將梅引入悼亡詞之中。因見梅花盛開觸發一己情懷，寫人對周圍事物的觀察和反應，表達對亡夫的悼念，自己孤身飄泊的處境。

3. **用典渾化無跡：**

（一）「笛聲三弄」

笛子連續地吹奏〈笛中曲〉，源自《樂府詩集》

〈梅花落〉。

作者先聞笛，後見花，故意説梅花的蓓蕾被笛聲驚破盛開。賦予無情之物以知春靈性。

（二）「吹簫人去」

〈列仙傳〉中的蕭史與弄玉，最後二人羽化成仙，暗喻自己和丈夫也不是凡夫俗子。

（三）「一枝折得」

引用自陸機〈贈范曄〉詩。「折梅」成了彼此饋贈之語，可是現今詞人折下梅花，找遍人間天上，無人可寄贈。

4. 結語餘香繚然，情思無限：

折梅寄遠，表達思念，惟「人間天上」寫盡尋覓之苦。「沒個人堪寄」，道盡悵然若失之傷痛。全詞至此，戛然而止，卻餘音不絕，「言雖止，而意不盡」。

第二十八首

〈清平樂・年年雪裏〉

年年雪裏，常插梅花醉。挼盡梅花無好意，贏得滿衣清淚。　今年海角天涯，蕭蕭兩鬢生華。看取晚來風勢，故應難看梅花。

寫作背景

這是李清照後期名篇之一，是一首回憶春梅和詠梅之作。詞人追憶自己早、中、晚三期生活；她早年的歡樂、中年的幽怨、晚年的淪落，在詞中都大致可見。通過抒寫賞梅的不同感受傾訴出來，表現國破家亡，淪落天涯的痛苦。

內容賞析

上片憶舊。「年年雪裏，常插梅花醉」，回憶早期與丈夫共賞梅花的生活情景：「年年」踏雪尋梅，「常」折梅插鬢，多麼幸福。一「醉」字，表明女詞人為梅花、為愛情、為生活所陶醉。

三、四句寫喪偶後，孤苦無依，心情低落。折下梅枝，不停地揉搓着梅花，眼淚濕透衣襟。表面寫人物的舉止動作，含蓄地揭示憂苦的內心世界。

下片抒懷。「今年海角天涯，蕭蕭兩鬢生華」，慨嘆垂老飄零江湖。「今年」點明時間，呼應上片「年年」，由以往轉到現今。「天涯海角」直言地之偏遠，直寫飄零淪落的生活環境。

靖康之難以後，詞人家破夫亡，逃難江南，境遇坎坷，精神受創，以致鬢髮稀疏花白，「蕭蕭兩鬢生華」句，把喪亂淪落的淒涼表現無遺。

結語「看取晚來風勢」二字，是觀察意思，

眼看臨晚凜冽的朔風，愈來愈急。「故應難看梅花」，即有梅花，定然是風狂花盡，自應難以再賞，這是出於對梅花的關切和愛惜。

「晚來風勢」的深層語義，當是喻金兵對南宋的進逼。此處不僅是惜梅，也委婉含蓄地表達對國事的關心，和對民族前途的憂慮。

作法特色

1. **章法井然有序：**

攝取三個不同時期的賞梅片段，從早年、中年至暮年，次序井然。

2. **詞意跌宕生姿：**

早年是「常插梅花醉」，中年是「挼盡梅花無好意」，晚年是「難看梅花」。這一「醉」、一「挼」、一「難」，使詞意一轉再轉，跌宕生姿。

3. **對比襯托突出：**

上片作者以早年夫妻共同賞梅的歡愉，對比中年獨自「挼盡梅花」，以至「滿衣清淚」的痛苦，具強烈的今昔之感。此外，上片的兩次賞梅，又有力地襯托下片的難以賞梅。

第二十九首

〈永遇樂・落日鎔金〉

落日鎔金，暮雲合璧，人在何處？染柳煙濃，吹梅笛怨，春意知幾許？元宵佳節，融和天氣，次第豈無風雨？來相召，香車寶馬，謝他酒朋詩侶。　中州盛日，閨門多暇，記得偏重三五。鋪翠冠兒，撚金雪柳，簇戴爭濟楚。如今憔悴，風鬟霜鬢，怕見夜間出去。不如向簾兒底下，聽人笑語。

寫作背景

這是李清照晚期詞作名篇之一。它與早期抒寫閨中生活的詞篇有所不同。此為晚年（67 歲）所寫元宵詞，作者借避難江南，孤身度過元宵佳節的生活感受，寄託深沉的故國之思，今昔之感。

宋代統治者為了粉飾太平與民同樂，均渲染元宵節的氣氛。北宋亡後，南宋偏安，在臨安仍歌舞昇平，元宵夜狂歡盛況，有增無減。這就引起詞人李清照的沉思和憂慮，故有此詞作。

內容賞析

詞的上片「落日鎔金，暮雲合璧，人在何處」，先從元宵傍晚寫起。落日像融化了的黃金一般閃亮，而暮雲聚集像一整塊碧玉。如此迷人景色，人在何處？陷入深思，感到惘然。柳絲像煙染過一般朦朧，笛聲吹奏着《梅花落》的淒傷旋律，已不知有多少春意？詞人已覺察到春意的迫近。然而元宵的和暖天氣，接着而來的（「次第」），豈不又是風風雨雨？詞人居安思危，隱喻金兵步步進逼，時局艱危多變，內心淒然，謝絕了驅香車寶馬來相邀的友人們。

上片：從眼前景物寫起，利用節日的歡快景象，對比自己心緒的悲涼。

下片：進行今昔對比，宣洩故國之思和淪落

之苦。

前六句，說昔日樂事，極其歡娛熱鬧。

後五句，說今日恨事，極其寂寞悲哀。

往日汴京（中州），元宵節多麼繁盛熱鬧。閨中婦女多閒暇，會外出觀燈賞景。她們會戴上翡翠羽毛帽子（「鋪翠冠兒」），頭上插滿用金線編織的素絹柳枝狀飾物（「撚金雪柳」），打扮整齊時髦（宋時方言：「濟楚」）;「簇帶」，在髮鬢上戴滿裝飾。

可是早已成為往事。今天的詞人，經過長期的飄泊，南渡逃難，變得憔悴衰老，鬢髮斑白，連蓬鬆的髮髻都懶得梳理，還有甚麼心情出外賞燈。倒不如倚在窗簾底下，靜聽他人歡聲笑語。這也許是冀望自我解脫，可是更激發了她內心的孤寂和悲痛感，此時的李清照正飽受亡國之痛、夫死之悲、流落之苦。詞人的淚水，跟着遊人的笑語，度着這漫長的節日之夜。

總括而言，全詞通過元宵節的歡樂與國破家亡的尖銳矛盾，強烈地對比過去和現在的不同社會境遇，亦對比他人與自己的截然相反心緒，委婉曲折地批判南宋臣民的苟安享樂。

作法特色

全篇運用質樸清新、平淡淺近語言，生動有力地表達委婉的情思。

上片「落日鎔金」、「柳染煙濃」等寫景句，既工致又具氣象。

「如今憔悴」、「怕見夜間出去」，皆以尋常語度入音律。又結語云：「不如向簾兒底下，聽人笑語。」淺顯易懂，卻不是淺陋俚俗。創造獨樹一幟的「李易安體」工造語、善鋪敘，不畏「平淡入調者難」。

本詞一開始，作者在節日的景象中，一連串提出三個反詰句：「人在何處？」「春意知幾許？」「次第豈無風雨？」這些轉折，一次比一次強烈，一波未平一波又起，體察到詞人心緒不寧。能在「短幅中藏無數曲折」，正是本詞藝術實踐的成功表現。

移情入景、借景入情，向來是詞人表現淒涼心理的重要方法。

全詞由寫景開始，處處寫景，而句句言情。詞中的景物，無一不牽動着詞人的心緒，景物本身也就是情感本身：「不如向簾兒底下，聽人笑語。」這結語似景也似情，彷彿有一位昔日喜愛熱鬧説笑、今日卻孤苦淒涼的孀婦，佇立在窗前傾聽別人歡笑，暗自悲傷飲泣。正如王國維在《人間詞話》中指出：「一切景語，皆情語也。」

第三十首

〈聲聲慢・尋尋覓覓〉

尋尋覓覓，冷冷清清，淒淒慘慘戚戚。乍暖還寒時候，最難將息。三杯兩盞淡酒，怎敵他、晚來風急！雁過也，正傷心，卻是舊時相識。　滿地黃花堆積。憔悴損，如今有誰堪摘？守着窗兒，獨自怎生得黑。梧桐更兼細雨，到黃昏，點點滴滴。這次第，怎一個愁字了得！

詩歌朗誦

寫作背景

宋室南渡後，李清照經歷了國破家亡、顛沛流離、金兵南侵、丈夫去世、文物散失。她在這時期所寫的哀思，與早年所寫的風格十分不同：早年即使與丈夫分開，那只是生離，總有重逢的一日；而現在卻是死別，蘊含無盡愁苦、孤寂、落寞。

內容賞析

本詞首句用了疊字，正是要加強詞人的哀寂，而且不僅用一組，更是連用七組共 14 字，並以三層遞進。一開始的「尋尋覓覓」是動作、行動、狀態，是在尋找東西，可能是在找丈夫的遺物？以解思念之情。然後「冷冷清清」是環境，接下來「淒淒慘慘戚戚」是心理狀態，也是感情羈絆。「乍暖還寒時候」就是忽冷忽熱的天氣，而「最難將息」，意指很難適應、很難休息。「三杯兩盞淡酒」，說明如果酒若夠濃的話就已經足夠解愁，但正因為酒淡，才會無補於事，愁懷難遣。「怎敵他晚來風急」，夜裏颳起大風，令人難以忍受。然後「雁過也，正傷心，卻是舊時相識」。昔日她看見雁是很開心的，為何現在傷心呢？因為昔日可能會收到丈夫寄給自己的信，但現在已經沒有可能，所以看見時便只有傷心。雁是舊時相識，因為昔日曾替她傳遞音訊，這是她的主觀認知。

到了下片，她先寫「滿地黃花堆積」，可見是經過了很長時間，地上堆積了很多落花。如果只有一兩片，很容易隨風而去。可見長時間的過去，才能有所堆積，是風也吹不去的，這就是文學家的婉約了。「憔悴損」既是説花，也是在説自己已經遲暮之年，正是「如今有誰堪摘」？然後「守着窗兒，獨自怎生得黑」，她獨自倚着窗邊，一直捱到入黑。更哀傷的是「梧桐更兼細雨」，當心情不好時，聽着一滴滴的雨聲令人更煩燥。一個「細」字，就讓我們感受到她的心煩，因為她聽得很清楚，是一滴一滴地落下的。「到黃昏，點點滴滴」，此處再用疊字。全詞有九組共 18 個疊字。「這次第」即指現在的情況。「怎一個愁字了得！」用一個「愁」字完全不足以形容，因為還有很多很多的其他的情懷。

作法特色

〈聲聲慢〉的「慢」是指「慢詞」、「長調」之意，詞作達 91 字以上。李清照運用這種調性，深刻表現愁苦、孤寂、落寞。

1. **善用疊字：**

此詞一開首，即連用 14 個疊字，增強語氣及強化感情色彩。然後是三層遞進，先寫動作，再描繪環境。接下來是心理狀態（見上文），準確地表達詞人在身處的特定環境，所產生的情感，使讀者如歷其境、如見其面。詞人運用疊字的手法，達到自然流暢、聲意皆出，因此本詞被譽為詞家疊字的典範。

2. **聲韻效果：**

尋、覓、冷、清、淒、慘、戚、點、滴，全是入聲字。調子短促輕細，如泣如訴，使人如聞其聲。使用聲調來表達愁思，能收到動人的音韻效果。

3. **結句具弦外之音：**

「怎一個愁字了得」，這一句作為反問句結語，説明詞人在「愁」之外，尚有更廣泛、更幽深的哀思未能概括，暗含對國恥民難的憤懣。達到了「味之者無極，聞之者動心」的效果，頗具言外之意，可堪細味。

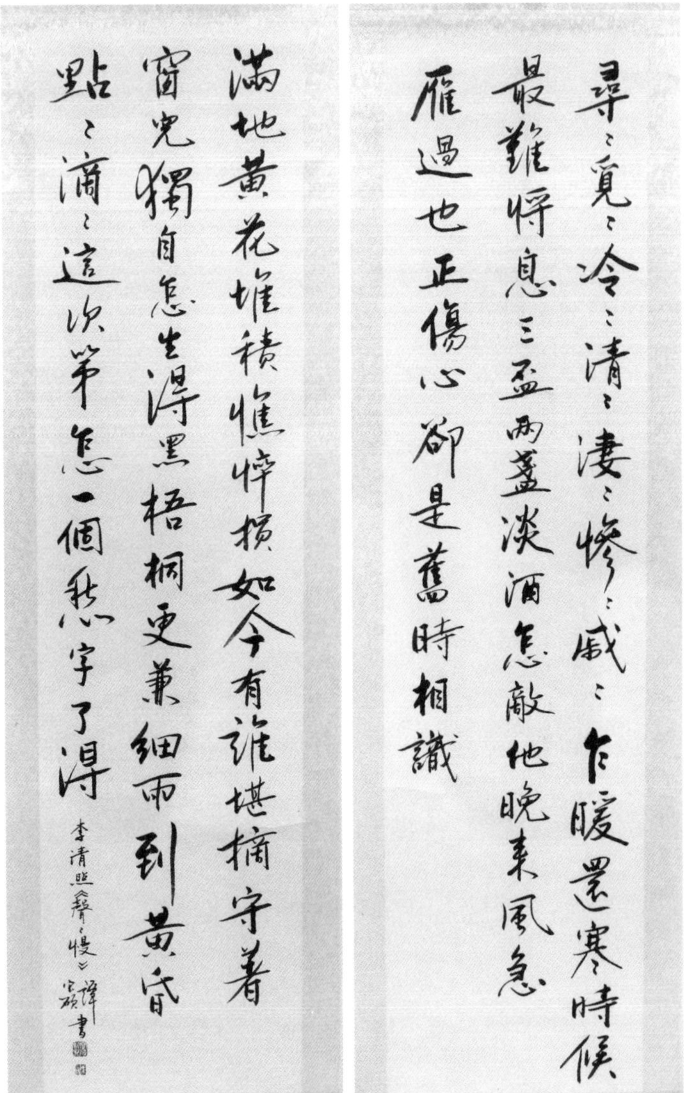
尋尋覓覓冷冷清清淒淒慘慘戚戚乍暖還寒時候
最難將息三盃兩盞淡酒怎敵他晚來風急
雁過也正傷心卻是舊時相識
滿地黃花堆積憔悴損如今有誰堪摘守著
窗兒獨自怎生得黑梧桐更兼細雨到黃昏
點點滴滴這次第怎一個愁字了得
李清照《聲聲慢》
宗頤書

附錄

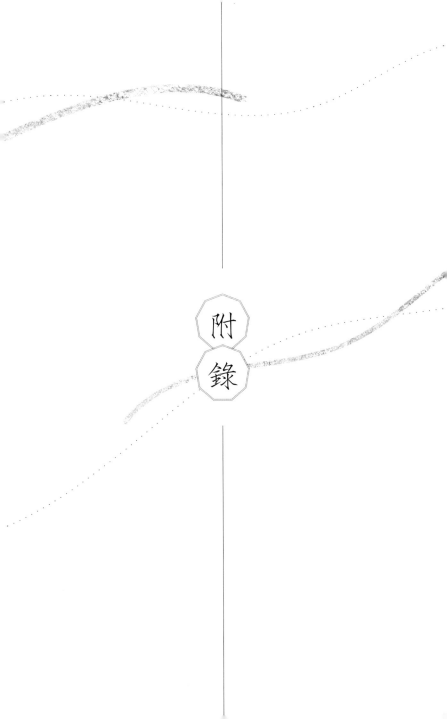

附錄一
《金石錄後序》原文及賞析

原文：

右金石錄三十卷者何？趙侯德父所著書也。取上自三代，下迄五季，鐘、鼎、甗、鬲、盤、彝、尊、敦之款識，豐碑、大碣，顯人、晦士之事跡，凡見於金石刻者二千卷，皆是正偽謬，去取褒貶，上足以合聖人之道，下足以訂史氏之失者，皆載之，可謂多矣。

嗚呼，自王播、元載之禍，書畫與胡椒無異；長輿、元凱之病，錢癖與傳癖何殊。名雖不同，其惑一也。

余建中辛巳，始歸趙氏。時先君作禮部員外郎，丞相時作吏部侍郎。侯年二十一，在太學作學生。趙、李族寒，素貧儉。每朔望謁告出，質衣，取半千錢，步入相國寺，市碑文果實。歸，相對展玩咀嚼，自謂葛天氏之民也。後二年，出仕宦，便有飯蔬衣練，窮遐方絕域，盡天下古文奇字之志。日就月將，漸益堆積。丞相居政府，親舊或在館閣，多有亡詩、逸史，魯壁、汲冢所未見之書，遂力傳寫，浸覺有味，不能自已。後或見古今名人書畫，一代奇器，亦復脫衣市易。

嘗記崇寧間，有人持徐熙牡丹圖，求錢二十萬。當時雖貴家子弟，求二十萬錢，豈易得耶。留信宿，計無所出而還之。夫婦相向惋悵者數日。

後屏居鄉里十年，仰取俯拾，衣食有餘。連守兩郡，竭其俸入，以事鉛槧。每獲一書，即同共勘校，整集簽題。得書、畫、彝、鼎，亦摩玩舒捲，指摘疵病，夜盡一燭為率。故能紙札精緻，字畫完整，冠諸收書家。余性偶強記，每飯罷，坐歸來堂烹茶，指堆積書史，言某事在某書某卷、第幾頁第幾行，以中否角（決）勝負，為飲茶先後。中即舉杯大笑至茶傾覆懷中，反不得飲而起。甘心老是鄉矣。故雖處憂患困窮，而志不屈。收書既成，歸來堂起書庫，大櫥簿甲乙，置書冊。如要講讀，即請鑰上簿，關出卷帙。或少損污，必懲責揩完塗改，不復向時之坦夷也。是欲求適意，而反取憀慄。余性不耐，始謀食去重肉，衣去重采，首無明珠、翠羽之飾，室無塗金、刺繡之具。遇書史百家，字不刓缺，本不訛謬者，輒市之，儲作副本。自來家傳周易、左氏傳，故兩家者流，文字最備。於是几案羅列，枕席枕藉，意會心謀，目往神授，樂在聲色狗馬之上。

至靖康丙午歲，侯守淄川，聞金寇犯京師，四顧茫然，盈箱溢篋，且戀戀，且悵悵，知其必不為己物矣。建炎丁未春三月，奔太夫人喪南來。既長物不能盡載，乃先去書之重大印本者，又去畫之多幅者，又去古器之無款識者，後又去書之監本者，畫之平常者，器之重大者。凡屢減去，尚載書十五車。至東海，連艫渡淮，又渡江，至建康。青州故第，尚鎖書冊什物，用屋十餘間，冀望來春再備船載之。十二月，金人陷青州，凡所謂十餘屋者，已皆為煨燼矣。

建炎戊申秋九月，侯起復知建康府。已酉春三月罷，具舟上蕪湖，入姑孰，將卜居贛水上。夏五月，至池陽。被旨知湖州，過闕上殿。遂駐家池陽，獨赴召。六月十三日，始負擔，舍舟坐岸上，葛衣岸巾，精神如虎，目光爛爛射人，望舟中告別。余意甚惡，呼曰：「如傳聞城中緩急，奈何？」戟手遙應曰：「從眾。必不得已，先棄輜重，次衣被，次書冊捲軸，次古器，獨所謂宗器者，可自負抱，與身俱存亡，勿忘之。」遂馳馬去。途中奔馳，冒大暑，感疾。至行在，病痁。七月末，書報臥病。余驚怛，念侯性素急，奈何。病痁或熱，必服寒藥，疾可憂。遂解舟下，一日夜行三百里。比至，果大服柴胡、黃芩藥，瘧且痢，病危在膏肓。余悲泣，倉皇不忍問後事。八月十八日，遂不起。取筆作詩，絕筆而終，殊無分香賣履之意。

葬畢，余無所之。朝廷已分遣六宮，又傳江當禁渡。時猶有書二萬卷，金石刻二千卷，器皿、茵褥，可待百客，他長物稱是。余又大病，僅存喘息。事勢日迫。念侯有妹婿，任兵部侍郎，從衛在洪州，遂遣二故吏，先部送行李往投之。冬十二月，金寇陷洪州，遂盡委棄。所謂連艫渡江之書，又散為雲煙矣。獨余少輕小捲軸書帖、寫本李、杜、韓、柳集，《世說》、《鹽鐵論》，漢唐石刻副本數十軸，三代鼎鼐十數事，南唐寫本書數篋，偶病中把玩，搬在臥內者，巋然獨存。

上江既不可往，又虜勢叵測，有弟迒任敕局刪定官，遂往依之。到台，台守已遁。之剡，出陸，又棄衣被。走黃岩，僱舟入海，奔行朝，時駐蹕章安，從御舟海道之溫，又之越。庚戌十二月，放散百官，遂之衢。紹興辛亥春三月，復赴越，壬子，又赴杭。

先侯疾亟時，有張飛卿學士，攜玉壺過，視侯，便攜去，其實珉也。不知何人傳道，遂妄言有頒金之語。或傳亦有密論列者。余大惶怖，不敢言，遂盡將家中所有銅器等物，欲走外廷投進。到越，已移幸四明。不敢留家中，並寫本書寄剡。後官軍收叛卒取去，聞盡入故李將軍家。所謂巋然獨存者，無慮十去五六矣。惟有書畫硯墨，可五七簏，更不忍置他所。常在臥塌下，手自開闔。在會稽，卜居土民鍾氏舍。忽一夕；穴壁負五簏去。余悲慟不已，重立賞收贖。後二日，鄰人鍾復皓出十八軸求賞，故知其盜不遠矣。萬計求之，其餘遂不可出。今知盡為吳說運使賤價得之。所謂巋然獨存者，乃十去其七八。

所有一二殘零不成部帙書冊三數種，平平書帙，猶復愛惜如護頭目，何愚也耶。

今日忽閱此書，如見故人。因憶侯在東萊靜治堂，裝卷初就，芸籤縹帶，束十卷作一帙。每日晚吏散，輒校勘二卷，跋題一卷。此二千卷，有題跋者五百二卷耳。今手澤如新，而墓木已拱，悲夫！

昔蕭繹江陵陷沒，不惜國亡，而毀裂書畫。楊廣江都傾覆，不悲身死，而復取圖書。豈人性之所著，死生不能忘之歟。或者天意以余菲薄，不足以享此尤物耶。抑亦死者有知，猶斤斤愛惜，不肯留在人間耶。何得之艱而失之易也。

嗚呼，余自少陸機作賦之二年，至過蘧瑗知非之兩歲，三十四年之間，憂患得失，何其多矣！然有有必有無，有聚必有散，乃理之常。人亡弓，人得之，又胡足道！所以區區記其終始者，亦欲為後世好古博雅者之戒云。

紹興二年、玄黓歲，壯月朔甲寅，易安室題。

名家點評

【宋】洪邁評

……易安李居士，平生與之同志，趙沒後，愍悼舊物之不存，乃作後序，極道遭罹變故本末。

——《容齋四筆．卷五》

浦江清

此文詳記夫婦兩人早年之生活嗜好，及後遭逢離亂，金石書畫由聚而散之情形，不勝死生新舊之感。一文情並茂之佳作也。

……

其晚境淒苦鬱悶，非為文而造情者，故不求其工而文自工也。

——《國文月刊》一卷二期

釋述

李清照的一生可歸納為四個階段：

（一）家鄉明水（今山東濟南）時期：

度過無憂無慮的童年生活，自由活潑地成長。

（二）京都汴梁（今開封）時期：

度過多姿愉快的少女時代和新婚燕爾的浪漫時光。

（三）屏居（隱居）青州時期：

生活安逸，與丈夫趙明誠共同編撰《金石錄》、猜書潑茶，志趣相投，是李清照一生最為幸福的時期，亦寫下了許多不朽詞章。

（四）逃難南方時期：

度過顛沛流離的中晚年。此時北宋已亡，詞人離開故鄉南渡。首先到達江寧（改稱「建康」，參見「春歸秣陵樹，人老建康城」（〈臨江仙〉）。不久明誠被罷官，二人乘船到安徽，舟過烏江縣，觸景生情，追憶憑弔項羽。

詩云：「生當作人杰，死亦為鬼雄，至今思項羽，不肯過江東」（〈烏江．夏日絕句〉），旨在諷刺宋高宗的逃跑、君臣不圖恢復國土。

其後明誠須趕往建康任官，告別之際，囑咐妻子說：「在形勢告急時，對宗廟禮樂之器，必須親自負抱，與這些祭器共存亡。」

一個月後，就接到丈夫患瘧疾的書報，李清照火速奔赴建康。惟明誠已病入膏肓。她在極度悲痛中，寫下一紙祭文，又相繼寫了幾首悼亡詞，如〈南歌子〉、〈憶秦娥〉等。這數十年間，她經歷國破家亡、喪夫、文物散失的痛苦，最後終老於杭州。

附錄二
佳句摘錄

李清照的詞作，鋪寫內容多取材自然風光，例如雲霧山川、花鳥等。佳句摘錄分類如下：

寫梅／柳

江梅已過柳生綿。——〈浣溪沙〉
柳眼梅腮，已覺春心動。——〈蝶戀花〉
寵柳嬌花寒食近。——〈念奴嬌〉
睡起覺微寒，梅花鬢上殘。——〈菩薩蠻〉
柳梢梅萼漸分明。——〈臨江仙〉
寒梅點綴瓊枝膩。——〈漁家傲〉
笛聲三弄，梅心驚破，多少春情意。
——〈孤雁兒〉
紅酥肯放瓊苞碎，探著南枝開遍未。
——〈玉樓春〉
夜來沉醉卸妝遲，梅萼插殘枝。
——〈訴衷情〉
年年雪裏，常插梅花醉。——〈清平樂〉
染柳煙濃，吹梅笛怨。——〈永遇樂〉
梅定妒，菊花羞。——〈鷓鴣天〉

寫海棠

卻道海棠依舊。知否？知否？應是綠肥紅瘦。

——〈如夢令〉

寫梨花

梨花欲謝難禁。 ——〈浣溪沙〉

寫藕／荷／蓮

興盡晚來歸，誤入藕花深處。——〈如夢令〉

紅藕香殘玉簟秋。 ——〈一剪梅〉

蓮子已成荷葉老。 ——〈怨王孫〉

翠貼蓮蓬小，金銷藕葉稀。 ——〈南歌子〉

寫菊／黃花

莫道不銷魂，簾捲西風，人比黃花瘦。

——〈醉花陰〉

莫負東籬菊蕊黃。 ——〈鷓鴣天〉

滿地黃花堆積。 ——〈聲聲慢〉

寫梧桐樹

新桐初引，多少遊春意。 ——〈念奴嬌〉

梧桐應恨夜來霜。 ——〈鷓鴣天〉
西風催襯梧桐落。梧桐落。 ——〈憶秦娥〉
梧桐更兼細雨。 ——〈聲聲慢〉

詠桂

暗淡輕黃體性柔，情疏跡遠只香留。
——〈鷓鴣天〉
畫欄開處冠中秋。 ——〈鷓鴣天〉

寫雁 / 歸鴻 / 鵬

雁字回時，月滿西樓。 ——〈一剪梅〉
雁過也，正傷心，卻是舊時相識。
——〈聲聲慢〉
征鴻過盡，萬千心事難寄。 ——〈念奴嬌〉
歸鴻聲斷殘雲碧。 ——〈菩薩蠻〉
九萬里風鵬正舉。 ——〈漁家傲〉

寫鷗鷺

爭渡、爭渡，驚起一灘鷗鷺。——〈如夢令〉
眠沙鷗鷺不回頭，似也恨人歸早。
——〈怨王孫〉

寫雲霧

薄霧濃雲愁永晝。——〈醉花陰〉
天接雲濤連曉霧。——〈如夢令〉
遠岫出雲催薄暮。——〈浣溪沙〉
如今憔悴，風鬟霧鬢。——〈永遇樂〉
落日鎔金，暮雲合璧。——〈永遇樂〉
雲窗霧閣常扃。——〈臨江仙〉

寫風／雨／雪

細風吹雨弄輕陰。——〈浣溪沙〉
湖上風來波浩渺。——〈怨王孫〉
昨夜雨疏風驟。——〈如夢令〉
九萬里風鵬正舉，風休住。——〈漁家傲〉
西風留舊寒。——〈菩薩蠻〉
元宵佳節，融和天氣，次第豈無風雨？——〈永遇樂〉
黃昏細雨濕秋千。——〈浣溪沙〉
惜春春去，幾點催花雨。——〈點絳唇〉
梧桐更兼細雨，點點滴滴。——〈聲聲慢〉
背窗雪落爐煙直。——〈菩薩蠻〉
雪裡已知春信至。——〈漁家傲〉
試燈無意思，踏雪無心情。——〈臨江仙〉
小風疏雨蕭蕭地。——〈孤雁兒〉
風柔日薄春猶早。——〈菩薩蠻〉

秋正蕭條何以度？ ——〈青玉案〉

風住塵香花已盡。 ——〈武陵春〉

怎敵他、晚來風急。 ——〈聲聲慢〉

李清照

千秋才女的生活與詞作

羅秀珍 著

責任編輯 黃懷訢
裝幀設計 黃希欣
排版 時潔
印務 劉漢舉

出版
中華書局（香港）有限公司
香港北角英皇道 499 號北角工業大廈 1 樓 B
電話：（852）2137 2338
傳真：（852）2713 8202
電子郵件：info@chunghwabook.com.hk
網址：http://www.chunghwabook.com.hk

發行
香港聯合書刊物流有限公司
香港新界荃灣德士古道 220-248 號
荃灣工業中心 16 樓
電話：（852）2150 2100
傳真：（852）2407 3062
電子郵件：info@suplogistics.com.hk

印刷
美雅印刷製本有限公司
香港觀塘榮業街 6 號海濱工業大廈 4 樓 A 室

版次
2021 年 5 月初版
2024 年 2 月第三次印刷

規格
32 開（190mm×130mm）

ISBN
978-988-8758-53-1

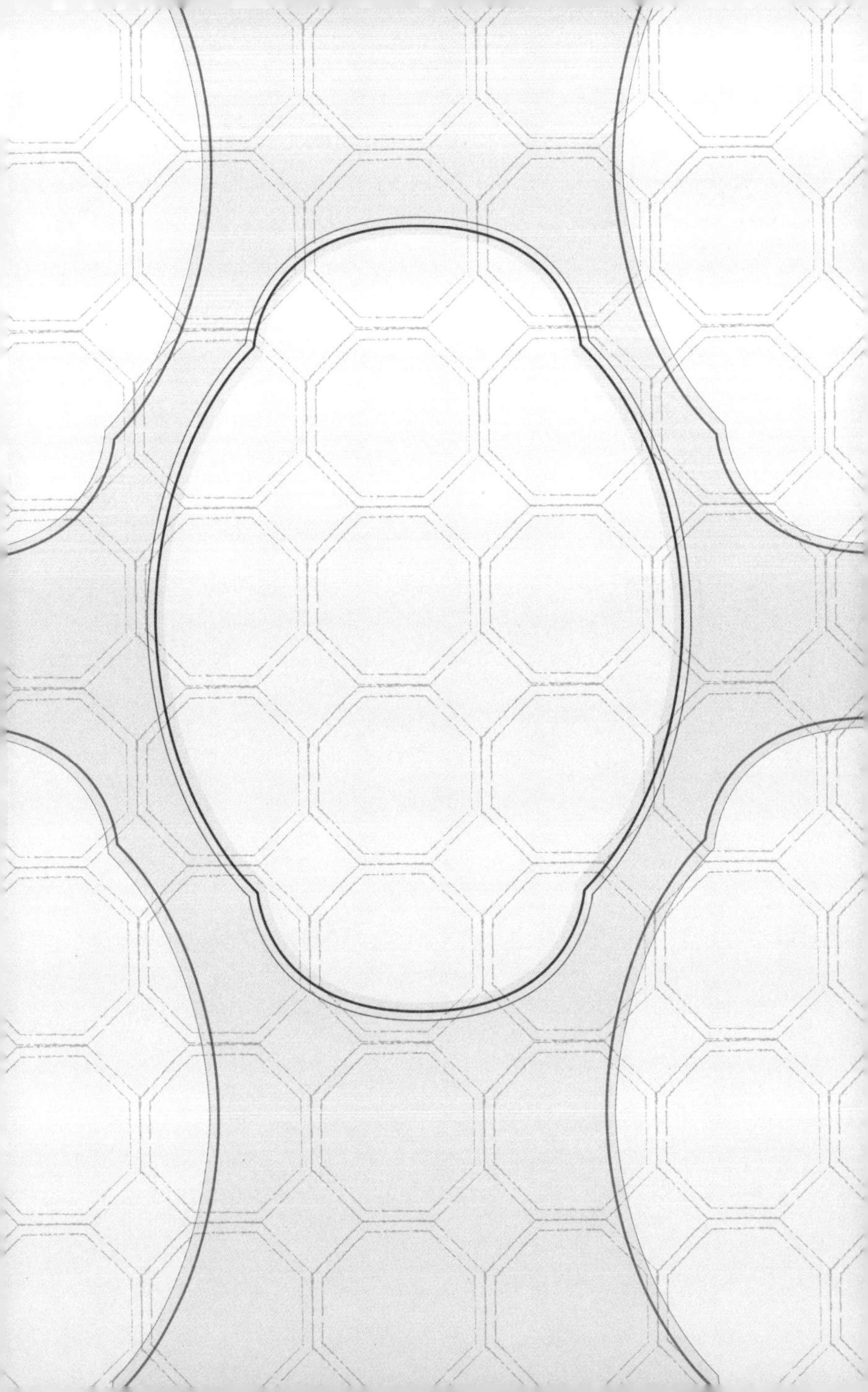

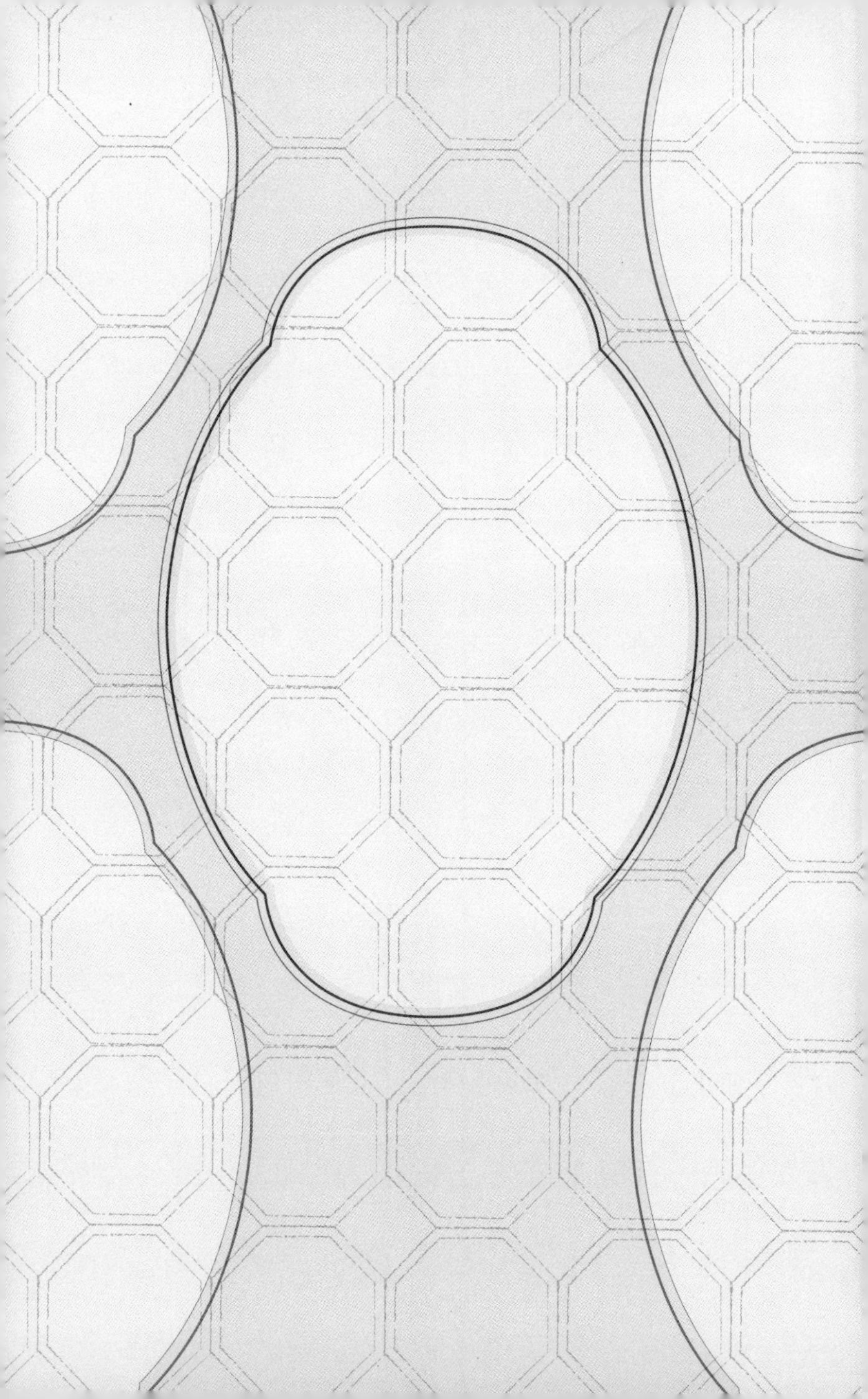